白

鲸

诗

丛

白鲸诗丛

底片

车前子——著

车前子实验诗选

中国出版集团 东方出版中心

图书在版编目（CIP）数据

底片：车前子实验诗选 / 车前子著. －上海：东方出版中心, 2023.11

ISBN 978-7-5473-2284-0

Ⅰ.①底… Ⅱ.①车… Ⅲ.①诗集－中国－当代 Ⅳ.①I227

中国国家版本馆CIP数据核字（2023）第213056号

底片：车前子实验诗选

著　　者　车前子
责任编辑　潘灵剑
装帧设计　钟　颖

出 版 人　陈义望
出版发行　东方出版中心
地　　址　上海市仙霞路345号
邮政编码　200336
电　　话　021-62417400
印 刷 者　上海盛通时代印刷有限公司

开　　本　787mm×1092mm　1/32
印　　张　10.375
字　　数　108千字
版　　次　2023年11月第1版
印　　次　2023年11月第1次印刷
定　　价　59.00元

目录

1　黑暗中……

2　唯一怀疑

3　捏造

4　忧郁的力量

5　理发店的慢动作

7　鱼

8　苹果绿的彗星之十五

9　云

10　鼓

12　次要的吃药

14　十四种配方之五

16　十四种配方之八

18　认输的礼物

19　漆树

21　迅速的桉树

23　六个当代

25 即兴(金鱼之二)

27 杜甫

28 即兴(公园之五)

30 光

31 不像散文

33 有个神

34 一首诗:五节

36 尘埃

37 一棵树

38 镜子上

39 无脱术之2010年4月21日

41 红碗

42 十九行微言

44 无诗歌

45 无诗歌

46 世界

47 长诗组织(6)

50 夜游

51 无诗歌

52 无诗歌

54 喜鹊

55 无诗歌

56 赭石

57 无诗歌

58 无诗歌

59 豌豆

60 鲁滨逊

61 博物之年

62 光阴的故事

64 叙事诗之年

66 无诗歌

67 无诗歌

68 博物馆

69 绿叶

71 使命

73 宇宙

74 缄默

76 无诗歌

77 在自己的右边做梦

79 六月,我参加一个乡村艺术节

81 白树

83 树坛

84 白色房间

86 无罪和平庸

88　　有艺术家的山水诗

89　　伏尔泰

90　　影壁

92　　中国阿波罗考

94　　新世纪

96　　有商贩的山水诗

98　　小白鼠

99　　某地在他身上突然降临

101　　有翅膀的山水诗

104　　鱼类的安排

105　　赞美

106　　无诗歌

107　　当然

108　　水泥地上

109　　忽然

110　　花下地狱

112　　确定性

113　　戏法

116　　戏法

118　　万物

120　　燕子

122　　本地区神

124　燕子

125　南方丑角

127　珍珠

128　蝴蝶

130　无诗歌

131　同学女伴

133　西洋镜

135　激进的无神论

137　诗人都有晚年

138　年鉴

139　洞见

141　傻子美学

142　南方丑角

143　"夏天,很多烤秋刀鱼摊位……"

144　来回

145　底片

146　有猕猴的山水诗

148　湖

149　有时

150　春蚕十四行

151　北方农业

152　太极

154   鹤

155   面相

157   抱团

159   月亮,月亮

160   南方丑角

162   逃亡的翠鸟

165   气泡生活

166   艺术

168   牡蛎

169   由于严肃而长高

170   野兔

172   致敬

173   燕子

174   豹子的观点

175   内心之战

177   偶像的黄昏

179   杂技图

180   洞见

182   电源

184   苔藓

185   河马也会失眠

187   不要装饰品

188　"不能,不明白"

190　年轻的时候也没在河边

191　珍珠

193　丢勒的野兔

194　生物的自控性,就是自由

195　天使坏的倒影

197　在第二点

199　鱼汤

200　蛋壳画

201　满月

202　坏字母

203　枪战片

205　出门

207　被声音吸收的耳朵

209　无诗歌

210　玄学

211　本地区神

212　青草

213　一看都是南方人

214　无诗歌

215　鳟鱼

216　磨成虚空

217　不准动物

218　无诗歌

219　无诗歌

220　东西

221　是什么因素影响剧院从业者的不稳定性

223　无诗歌

224　地方织物

225　她用一块兔子肉

227　兔子是只蛋

228　没有树皮的树干

229　夏天

230　容貌下面的天国

231　黄宾虹与农村公共汽车

233　这些青草

234　思考税

235　熊，星空之中的大爷

236　天文台

238　蒸馏水

240　无诗歌

241　老鼠嫁女

242　无诗歌

243　快乐的科学

245   言桥

246   爱神兽

248   无诗歌

249   男人都有类似产品

250   好玩引诱我们去接近蒸汽机

252   我们要为阴暗负责

253   不准停下

255   无诗歌

256   呜呜

257   鲁迅的月亮

258   鸭血

259   主题：橡树

261   反哥伦布及其他

263   无诗歌

264   蜻蜓

265   愚力游戏

267   噪象

269   占有

271   不。对

273   用阴影,她不做枕头做面包

274   糖果手枪

276   摘掉眼镜的眼镜蛇

279　指鹿为斑马

281　跳龙门的邀请

282　怀古

283　你的害羞像睡觉

284　文本晦涩之处,恰是彬彬有礼

285　在一首诗后面

286　谁都不是

287　"现代性"无非是"即将现代性"。这个
　　　"即将",既非过去,亦非未来,也不是现在

288　波斯姑娘

290　肉汤

292　与它们同在

294　十一首三行诗

297　五首三行诗

299　反哥伦布及其他九首四行诗

302　十首二行诗

304　四首三行诗

305　视力表

黑暗中……

黑暗中一根羽毛在防空洞里
划出火柴

用轻：它闪耀，它擦亮
鸟的形状，沉重的
形状，存在的形状
没有天空也能进入

一根羽毛吞没翅膀

1999-8-15

唯一怀疑

深刻怀疑，一枚无力自拔的
钉子。

塞头还没有露脸，
捅在肉里。
"检查过期伤口。"

不深刻怀疑，一只脚踏空，
悬念。黄皮肤领带在抽筋：
小腿肚子抖动。

唯一怀疑顺大堤回家，
……沙沙声，沙沙声，身后追赶，
到了左边，到了右边……
现在跑到前面——塞头拔出，
它的脸：蜜蜂拖欠的
那根刺。

1999-10-17

捏造

我用黑暗的泥土捏造你睡眠的形状

不捏造眼睛,为了不看见它

不捏造皮肤,为了不感到它

不捏造心,为了让你活得长久

我用黑暗捏造你的睡眠

不捏造你,为了让你不梦想

不捏造你,为了让你不作恶

不捏造你,为了看上去像是真的

2000-2-29

忧郁的力量

找上门来的只有推销员;

送出门去的,垃圾。

我们再也玩不到一起。

他不时掏出怀表,说:

"这可是地道的俄罗斯货。"

2000-4-6

理发店的慢动作

迅速的白色大师
布置下枝条
迅速的白色,攀援着
陶瓷盆里长疱的彗星
它的火热掠过
做不完的发言练习

用鞋尖摁碎
潦草的部首上
唾沫隐身的烟头

"我们总是泛滥成灾,
或者,抽水机抽干鱼塘,
稀薄的头皮底下爆出
扭结的橡皮筋! 铅笔
擦出年轮涟漪。橡皮
驱逐岸边暗语。或者,
从网里漏掉,被钩子

吊起。弦乐四重奏中
成群结队的J，在门洞里。
我们总是口若悬河。
我们总是在守口如瓶的瓶底，
养上一条腰身与尾巴之间突然收紧的
金鱼，那里，有根看不见的灯绳。"

"忽高忽低的水银，
一会儿长一会儿短的发型，
没有标准，并不是没有标准。
我们总是退尺进寸。"

"你以为揪住尾巴，
错啦！那是一条腿，
我们总是高估了。"迅速的白色大师

被刀刃
水深的刀刃，被慢动作
追得
如异常天气

2001-4-4

鱼

你们,楼房的凳脚,穿梭
你们好像上夜班的纺织女工

唱到高音他唱不上去
用手指指月亮。墙头,一条鱼融化

墙头一条鱼在融化
首先融化深藏不露的骨头

你们楼房的凳脚下
涂黑丝袜,他溜个大圈,装神弄鬼立桌边

墙头在融化一条鱼
只剩湿润的皮

墙头在融化一条鱼
私见之球缩进刚才充足的理由

2001-4-12

苹果绿的彗星之十五

高潮过去,它们疲惫地凸现
墙上一些浅灰的寒意。像浮雕
泡沫白虎追着泡沫的白孩子
恐吓,只是逗你玩。奇怪的游戏

所以也是泡沫的白孩子正牵着
这头泡沫白虎,走到白色墙上
事物要消失? 但意图
更加明显:叫声被深刻了出来

2001-12-30

云

宽大的衣袖,做梦
也这么宽大?
处理疼痛的机器零件。

钩子上的手摸黑
一群人。

抬着命运折叠好的钢丝床,
软绵绵地走,宽大的
衣袖里,
变得出深水区:
一群人云中游泳。

缓慢的池底,闭馆时
多出几只手脚,
在倦怠的蓝天上。
失重完好无损。

2002-1-11

鼓

房子上颚的鼓，
它有一个鼻孔。

呼吸，着了魔的声音，
不是催眠。叫醒——
过道里的嗓门，
楼梯在嗓门背后陡然弹起。
梦是穿大的内衣，
鼻孔小了。

房子上颚的鼓，
有时会在鼻孔里放进舌头，
从夜晚邀请：
恐怖的浑身长嘴的口琴，
像这里的房子，墙缝中也有房间，
用来呼吸。人是偶尔的空
气。

房子上颚的鼓，

与口琴话多了掉线。

人多一块少一块地晃过。

这里的房子,像浑身长嘴的口琴,

用来沉默。

房子在上颚颤动，

鼓在浑身长嘴的口琴里。

鼻孔小了。它更用来呼吸。

2002-4-23

次要的吃药

坚决拒绝,拒绝他
给我喂药
原来他拒绝我
给他喂药,

吐掉药水
嘴唇在逆光里倒着跑
调羹船底:黄药水
几个闷死的偷渡客,

他们划着牙签
桨被留在了餐桌上
"后来他把药片也攥手中,
和孩子们的糖。"

土地悄然移动疲倦的大手
泉,X光片,折断的
港口,有人为烦恼募捐

从没有文化歧视，

对他的语言怀疑
苹果树的常识开着白花
如果那只箱子现在
十二点，

原来我拒绝他
给你喂药
中药店伤寒；西药房发烧。
（那只箱子现在十二点。）

2002－5－24

十四种配方之五

外套坚硬的糖果,不提供:
零钱一样的意义。油漆斑驳的体格。

从大的方面看,没有小看你:
撕开口子让黎明五个毫米。

贡献两腿,列车比毛还要卷曲:
冒烟在摆动的海边。

只要颤抖,就是风:
远处的船是凉拌在菠菜里的电。

我总觉得我曾经有过这样的旅途:
看到黎明时分荒山油漆斑驳的体格。

和山下的海:
精打细算着对面座位上的影子。

在未来,或者在阅读中:

我总觉得我曾经有过这样的糖果。

2003-9-4

十四种配方之八

密云的闷热一进入就叫，
痛还是乐，散文的玩具。

没有到位的，非正式，
两次雕刻，两次破浪，太大了。

葡萄骑着玫瑰兴趣索然，人造贵族
和多余的图书：身体有两个柄

生硬，铁黑，像江苏省，
像被夸大的小人物，像我。

你终于抓着白软的蜡烛，
腹部燃烧，近海这么——腿部冷漠。

自杀，总会兑现的私奔，
光阴渐起紫斑，不要谦虚。

我们是不是都足够谦虚了?

被水掏空的橡皮管趴下,常春藤。

2003－9－8

认输的礼物

悬挂胸前的玻璃，
在条纹——
浅蓝的条纹里守身如玉，
如玉的玻璃，
在开开关关的领口，在手腕，黑夜膨胀，
底下暗绿的鼎：
朋友把暧昧作为认输的礼物，
他向夜晚背出孩子的单词。

而一个天使，落进
刚洗干净的盘子中。

刚洗干净的盘子中，
落进一个天使，他长得那么小，
我的盘子，无论如何
都会成为你家浴缸，
放水吧！认输可以作为
礼物。

2004-8-27

漆树

可是砍断一株漆树。
犯法的情网,
婚纱般纸醉金迷,
麻烦不断是因为麻绳断了,
上面掉下个人来不及叫喊。

练习向南走,
嗜好棉花糖、葡萄干,
场面上游泳池大小的——
盒子:乌龙茶和节日,灯光,
时间中央凹着话题之核,
有时候实心,
有时候充了气。

爱她的寂静,鸟蛋,
我以为我是一个,
后来知道一帮,一类,
分散在地球上,像地球被分散,

变形,鸟蛋爱她的寂静。

静止的乌龟,
谁也打不过他。
可是砍断一株漆树。

2005-4-10

迅速的桉树

这样受到影响,

桉树绿满郊区,

成为众鸟之巢,

我搭朋友的车经过唯美主义,

十只燕子,十滴墨汁,

十个莎乐美,十张嘴,

无限找到有限,在工作,

爱人抱怨的大太阳里:

沿途表现还有很多:共同特点就是死亡与效果联系一起:强化旷野:情感造成"空":一个帽子歪戴的地点:诗是字:一五一十的算术:我愿和你在未生之年:反抗假冒的晦涩:生活作为原作:没有或者放弃版权:纯粹的十滴墨汁:如:

十只燕子,炫目之和,

只要煎熬就没有恐惧,

他既然以为,

一五一十的算术,

燕子算不到的地方,

淡红的芦花大吃一惊,

翠鸟像顶帐篷扎上冰河,

皮囊里沉甸甸褐色的雁声,

十只燕子,十滴墨汁,

苍白如何把它洗去?

2005-4-17

六个当代

细胞与气球挤紧小学
自从毕业我们一起生活
两旁高楼夹疼长街
青青葡萄藤,工作中

据说浓雾能把传教士吸收
到中国,他们都成手艺人
在枝条间,搭建理发店
他把它们,一次次描画在

(他穿着西装
像古汉语)
　　　打折卷帘门内
羊肉馆烧锅开水

棉花地布满外义
后院的树没有压迫也要反抗
而当代如此之慢

我赶不上

它的后面
跟着灰眼睛的猫
有时,跟着共用一只灰眼睛的
三脚猫

有时,跟着共用两头的
花猫。我要么
未来
我要么过去

2005－7－5

即兴（金鱼之二）

回头用十九世纪末期的眼
我发现，
跳过按动两次的计算器
计算出的金鱼——

可以缝件外套，
款式怀旧的蓝细菌迁徙，
靠近海滨
香蕉林里的褐色。

但并没多少把握，
金鱼刻进朦胧光景，
世界直入，而又繁复，
大大小小的玻璃器皿重叠，

内容在暗处。
香蕉林里的褐色、
殷红、普鲁士蓝，

而脱掉连衣裙，

对于深度，它不知道
该不该褪下内裤。
金鱼更信任活命的水、
致命的土。

回头用二十世纪末期的眼
我发现，
计算器按动两次：
00。

2005-8-17

杜甫

晚霞，一帮喝醉了酒的烂人。

唐朝听上去甜的。

我准备起飞，每个时代都是腐烂的老鼠，

我没准备餐风饮露。

2005－11－17

即兴（公园之五）

童年的精神价值所在：
瓷缸中榨出汁液。
食欲增加的公园，问我——
母语怎么一回事？
"树干扭曲，树皮粗糙而浅白，
当年新梢呈灰色、灰白色，
以后变得淡褐，界线明显。"
他以为有片老乐土，
你们说啥我也无知，
界线明显，公园幽暗的角落，
快成人的寂寞，情节有意思，
一大帮童子看露天电影，
都是钢铁厂和公社，
突然放出胖女人屁股，
一大帮童子欢呼鼓掌；
那只白鹭大叫："不要看，罪恶！"
白鹭的叫声在那个地方听来，
便是"罪恶！罪恶！"

如果偷吃过童子尿,它的舌头,

会变得痴呆,或许权威。

2006-9-8

光

猴子再次出现,眼碧绿,
带它到视力表下,
它看穿,看穿两人之间的厚纸,
肉也碧绿。"发霉了""发霉了",
再次出现,再次不新鲜,
再次也是人世,猴子蹲桌上,
后肢叉开,杜撰的毛已磨光。

2006-12-24

不像散文

　　学画铅笔画，要画得像。
他画一条鱼，鱼头有点恶；
他画火车，我们尚有机会乘坐。

　　还在冬眠期，今年暖冬，
绿毛乌龟一直兴致勃勃在玻璃缸里动，
拖着一块没人修理的草坪。

　　据说动物园的熊也如此，
使得动物园领导难过——
要支出额外的饲料。

　　动物园里的熊不冬眠，
在动物园领导的预算之外。
熊撞击铁丝网，我饿。

　　熊什么都吃，这点，
与人相称。人不能冬眠，

这是不幸与不完美之处。

一头熊逃出马戏团，
大摇大摆街头走，新权威。
不无寂寞，惊呼为它瘫痪。

城市借光，照亮危险。
马戏团里的熊没有寒假，
接到驯兽师指令，不准冬眠。

一刻也不能停止产生利润，
它是资本主义初级阶段的纺织女工，
一头母熊（的现实），他画不像。

2007-2-8

有个神

我觉得我：

有个神，

伐掉许多竹子像地方上的神，

供养在河对岸。

2008-2-17

一首诗：五节

白方糖，不只数字，
一系列计算单位，
累积的经济作物，比如毛竹。

时间投注在优美禁锢中，
野猫出没竹园，
一条气味连接影射的人。

影射的人，与人间相会……
于是说白方糖媚态，
我觉得暴力，白方糖，糖！

尤其白方糖，帝王之陵——
墓中块块切割整齐的石头，
我说这切割暴力。

我不是说切割暴力，
我是说码得整齐暴力。

……我是说优美和媚态暴力。

2008－4－5

尘埃

用手电筒,校长,
晃亮了我:
"你〇分。"

(从〇开始?)

再也没有机会参加考试——
下着雪,面孔,
受潮的饼干。
下着雪,他的面孔,
发黑。

用手电筒,星空……"及格。"
再也没有机会,而朋友再也没有机会务虚——
宇宙不打算留住孩子,
它只稀罕尘埃!

2009-12-27

一棵树

——

会爬上一棵树的。
早春。藏好稀疏的阴影。
树干于包围的枝叶里突然抽掉。
箭一样射向
天梯。

——

突然抽掉,一棵树下,
胡同在一棵树下突然抽掉了,
像树干于包围的枝叶里,胡同被抽掉,
如果走运,
倒在自己的风声中,

——

2010-1-8

镜子上

"镜子上,不能有水点。"
不要,这么亮。
我喜欢若干尘埃,
热气留下的瘢痕,"雀斑",
我在这里出现,
恰到好处。
"不能有一根头发。"
我突然瞥见——
吓坏与惊喜这两姐妹:
黑头发这姐姐;
无头发这妹妹。
我瞥见一浴缸阴谋,
镜子上,突然不见。

2010-2-1

无脱术之2010年4月21日

　　看你的眼神咳嗽药水。棕色咳嗽药水，玫瑰红咳嗽药水。两种咳嗽药水同病相怜。棕色咳嗽药水看起来难喝，味道倒还大方。一只铁皮饼干桶扔在院子里，阴雨过后不满郁积少妇一样的棕色咳嗽药水治不了咳嗽，棕色味道上聚会，药水私奔，留下咳嗽咳上半夜小心翼翼玫瑰红药水试探性咳嗽，看你眼神玫瑰红咳嗽药水小心翼翼地试探，插在里面给支气管画像，你的脸很抽象，前世是屁股你的脸很抽象的，玫瑰红咳嗽药水像服药者突然改行写侦探小说，一个插图本超级侦探眼神一会儿棕色一会儿玫瑰红，眼珠在咳嗽喝下咳嗽药水，下半夜集体默哀，除了玫瑰玫瑰红咳嗽药水喝下咳嗽药水喝不下玫瑰红凋谢间，间歇你的双色球，热胀冷缩的尺度捆绑身体的绳子与身体一同成长，棕色留在咳嗽药水之中，它看你的眼神前世乃印度人底部有积淀，两种咳嗽药水同病相怜，少妇一样改行的郊区铁青色厂房杯

状如深入宽带看你的眼神咳嗽药水。棕色咳嗽

药水,玫瑰

2010-4-21

红碗

我这儿,树的白干——栅栏间闪烁。

雨,

转身之后。

2010－12－29

十九行微言

吃鱼的时候，微言他，
身背二十双螯子。

下雪之际，
兄弟姐妹冬眠，一杯肉色，正在滴水。

来不及喝掉。
来不及戡难的种子。

吃鱼的时候，惦记鲜美的龙，一鳞一爪难行于
白天；
大雪，前日也雪大。

下雪之际，
喂养他；甲乙他；会有出路，入我床下。
株连作为特征农业时代文字的植物词性，
荫庇，出血，
不但！

如此杀出去的种子将杀回大地。

（一荚野豌豆有血。文字的植物词性转回文字的动物词性。尚有人迹的去年。

吃鱼的时候，

兄弟姐妹惊蛰，

正在滴水。①）

2011-1-20

---

① 诗中"微言他""戕难""甲乙"略借古汉语用法，"微言他"有"小看他"的意思，"戕难"有收藏苦难的意思，"甲乙"有评论的意思。"株连作为特征农业时代文字的植物词性"，这句属于文字联想：由"株"联想到"株连"，同时联想到"农业时代"和"植物"。作者认为词性有植物性与动物性两种，东方诗歌多用植物性词性。其他有的诗中还用了半括号，是作者有意所为。

无诗歌

杯子发现自己的裂痕，

我保留怪癖。

可以盛水，想喝，

却已统统漏掉。

到了这种地步，

不是满足需要：

形式是一根守口如瓶的柱子，

好多年后，树也没有——

绿油油的柱子高。

2011-3-8

无诗歌

风景如纸,刮得,吱吱。
我走到这张纸背面,
在一个反义词上,
我没有"正义词"。
没有,我从来没有。
我拒绝。
月亮顶一棵薄荷也走到这张纸背面。
风景如纸,薄荷一样薄,
在一个义词上,踩着露水,
夜的假肢。

2011-5-19

世界

界入的一边。
没界入的一边去——
世——
界。
没界入的一边去。
去世。
世界。
在我眼皮底下，
眼睁睁地，
去世。
世界去世了。
没界入的一边——
说。
有人说。
"不算。"

2011-7-12

长诗组织(6)

批评的洋葱又加上一圈,

多疑的一圈,包围傍晚。

又用一圈,掩盖,

没有可以退回的居所。

下水道/窨井/图案化的铁盖上,

暴雨要与河流回合(不是"会合",也非"汇合")。

(海,灰白的内容,

剥剩的洋葱一般)空箱中:

局势稳定的假想,

寓言于虚室。

薄薄壁泥,

塔顶脱落,

厚颜后面——

险象的镜子。

照着,倒转过来的洋葱,

这一头地下拔出的陀螺，

构建层层阻挡，

仿佛今生穿过

故宫暗算的红门。

——

内容，层层包围之中，

它的合法身份——

以看得见的形式，

在巨大的塑像下面。

有人度过滑冰片段：

生活不涉及任何生活之内的生活。

——

冰，已经变成（不透明思维）

前景：白塔胡同尽头——

一盆掐掉葱青的葱白。

我们等着第二年春天，会适应。

倒转过来的洋葱，

又加上一圈，这从深雪拔出的陀螺。

没有深雪。也没有神学。

"魔幻地区没有审校。"模范的麻/一些金黄的尖顶。

2011-7-14

夜游

你们是朋友,许多年前,
郊外白杨后面,大片麦田,
水渠里的冰,夜空反光,吐出
　　　粉红的丝来:
"在一件衣服上滴血。"

异乡好奇的地名,
永远新鲜,
没有可以睡觉的外星人。

夜空反光,十一月,
像早已吐出,磨损……
而圆滚滚,蔚蓝纽扣
　　　地球一般缝在垂落袖口:
"感到渺小,这喜悦。"

2011-11-24

无诗歌

他从胸膛取走恶性时间。

一块块手表，
涌出子宫，这么多——
挂钟在另外的角落分娩，
混淆的孪生时间，
雷雨之前，来不及处理妈妈的背影。

肉身的天空，之于问题丛，她挤奶，
结满闪电蛛丝——
茫茫神灵萦绕，萦绕撕裂的时间皮。

将从那里，
取来那些？

2011－11－28

无诗歌

按住狂跳的雪球,徒手,
拗下手指:蓬松瓶口的纤维、
耳鬓试听,
香气断开,鸡胸的落叶,
盖满我的脸。

吃奶的一刻,
抬起头,
喘息,对面产房,
生下一船无头之婴:
都是定做的,
今日,脑袋。

披着纯金的白大褂,
她组装,
然后倒提那些小绳子,
扔到育儿床,
手法专业地拍打;

有的哭出声，

你好！又一次。

鲜花汗血，熟练的城楼蓬松瓶口，

耳鬓，

断指厮磨！一缕缕厮磨——

不假思索的滂沱之中。

2012-1-20

喜鹊

笔直掠过黛瓦。此刻,
尾巴快乐地发抖。
发抖吧"悲伤的内容"。

谁给怀疑者报喜?
要容得下。
世界"你的午餐,并不无耻"。

摇荡灌木丛——你似波浪;
溺死缩影;不出恶言,
贵妇遭到遗弃;
阵阵低垂的热风刮疼耳膜;
巨翅扫下,天空那部分秘密。
是!
我的舌头"不怀好意"!

2012-2-22

无诗歌

在一薄片里,众生相,
从你肤色中揭下:
杂草私处的薄荷叶。

爬上后背,大公园,
凉凉的幽灵。
沿着不规则边缘,
然后,例外的我把金丝鸟笼投河,
罪过的鱼就有翅膀。

2012-2-24

赭石

人类……甚至
到不了一棵树
鸦雀
争鸣在公园里
突然停下！
"一棵树，
甚至……赭石。"

2012-3-21

无诗歌

"服务器变化猫头鹰幅度",
湖水淹没屋顶,
麻雀跳到塔尖。

湖水淹没塔尖,
麻雀跳到云端。
"瓦,不会合法撒上头颅。"

湖水淹没云端,
你羽毛间玲珑暗室,
灼热气体的巨大漩涡,是星际雀斑?

天气转冷,麻雀一群群僵死,
直勾勾砸着冰冻湖面,
爪碑矗立太空。

2012-5-18

无诗歌

一只坏了的闹钟，

在南方的雨里，

走得太快，

"无法收留归客"，

也没有时间寄居其中。

2012-10-24

豌豆

豌豆仿佛暴涨,突然的天意,
淹到头顶。洗掉沾亲带故的故园根须,
树枝——插曲;打破人体,
乘风破浪在天空底下,
三位狂泻着挤入船舱里,快艇高昂。
湖面僻静,鱼头,空想在包围中绞尽脑汁。

2013-1-31

鲁滨逊

在北京,我打开羊群,
一页一页,
它们惊恐得
　　一页接一页后退,
汹涌着,翻滚着,
像往一本书的中心集结,
挤进意义隧道,
直到堵住洞口,直到另一头"啪嗒"——
合上所有经过和将要经过的火车。

(在鲁滨逊那里,是船)。

2013-8-11

博物之年

女蝇王微笑着的跋扈里：男童，
割草于田……宫娥肃穆，克制住性别。

（"训练有素"，我多写一句。）

2013-9-26

光阴的故事

然后濒临灭绝的食品：山水。

被冷落，凤凰

在体内筑巢，引诱逾越的胡蜂进来，

突然掉线。复活。

需要渺茫。

蓖麻蹲满自己的阴影，

仿佛王按住王后，

流淌树蜜的细腰。一棵梧桐；

瓶瓶罐罐晃动窗台，

毒刺，气泡一样吞吐其中。

所以，"K"一手持剑，

"Q"一手拿着水雷。

已经灭绝的食品：男女，

在山水背景里生生世世，

像一群犯人，闪闪烁烁，

在语无伦次的门槛上，排队过年。

仿佛王按住王后，

气泡一样吞吐其中，

未经燃烧地苟延残喘。

养生的告密,然后

2014-2-21

叙事诗之年

我在猴山。下班前，
抓住怠工的猴子，随便一捏，
变成辍学儿童玩具。

把它们含在嘴里，她，
散发生气蓬勃的甜味。
"好像糖尿病。"

几乎可以带到床上，
让它变人——皮毛忘记，愉快的生活，
皮毛从没有生活。

户外，穿过树叶，树，
穿过树干，穿过树荫，
完好脱身，自被窝，滂沱。

忘记皮毛。记住，
猴子的肚子。猴子的肚子里，

我在猴山,攀登,钻出一线天:

最后,看到大群猴子因为爱,
放弃直立行走:
在猴山——景色宜人的峰巅。

2014-2-25

无诗歌

早到的动物性爱你的青春。

手表慢我半个小时，

在河边，

爱你的青春。让水先流——大海早到。

2014－3－1

无诗歌

天地，

山水，

羊牛，

在永远不准的挂钟下面，

　　一罐红红绿绿硬糖，

　　两三块肥皂，

成为无用之地。

道,路也。

　　"中国农村电影博物馆"，

也免交农业税吗?

道,莫非路也。羊牛,山水,天地,

一位脸上有斑的小娘子被带进灌木丛,

月亮升起。

2014-3-25

博物馆

肝还在外面游荡吗？胆准备睡了。

———

有胸怀,有胸,男主人公是位穷知识分子。

———

一日,连猫都成为电话机,我放肆地和鼠辈通话。

———

被良心谴责的善事,"到底做了什么?"

2014-11-11

绿叶

时代影响不到身上的小酒
馆,价格统一由他处理,收拾东

西。妇女多半也就被忽然神
通,音乐今天看来是教育

诗。向外看燃油的假日城
堡,脑袋让鲜花打破,太

太。希望非法中介都是别人:而
你,和我窗户攀枝,应当给予删

除。射箭,躲在行业树
洞里,集体主义兴致很

浓:中箭的眼睛中,躺
下,一片落叶像一片绿

叶。流浪猫说：漂在河

上，"投水家"短短一截时

代，影响不到身上的小酒馆，教育诗，它不喜

欢！多像生前喜欢摆

弄，短短一截阴

凉，紧贴嘴唇。

2014-12-19

使命

身体里有许多旅馆，

住着几个人，

很不幸——都是我。

有一个跑了出来，

（哦，并不需要结账，

因为，

也找不到丰满的软组织，

白衬衫吧台。

像只猴子，

他爬到我的肩头，

瞧着众多写作者捡拾垃圾，

远离人类。

老师说："不能让哲学家替代上帝。"

垃圾堆上，学生讨价还价，

割下废物女王奶子，掷地有声：

"也不能让上帝，

给你们送饭。"

在我肩头,他趴了一会儿,
我知道他想什么,
他几乎成为负担。

2015-1-7

宇宙

他的脚趾,被一颗颗吃掉,

现在是粒鸡蛋,在宇宙中。

排列成行,是格律诗。

漂浮,深呼吸,

是叛逆。

白色的毯子接受献花:

挑选无地自容的抛弃:

哼哈,坠落滑出圆弧,是人间彗星的任期。

(浪漫主义在湖上,

说话,

美德别墅,波斯猫也会指挥,

一队骑兵经过爪牙。而野鸭厚蹼,

是镇上食品厂做的饼干,

舌尖,沙漏,哼哈——

疾行的人剖开芦苇绿肚皮:

无内脏,无卵,

乡愁不生产食品。)

2015-3-3

缄默

缄默可以百年；

喧嚣很难持续五十年。

或者，外强中干的年头，

同时进行：

他们喧嚣，心甘情愿，

也许并不心甘情愿；

宛如交换出去的人质，

或者访问学者，我们缄默。

河水断流，裂层之中，

青草涌动浑圆背影，

一边的裂层纤维粗糙，

仿佛干面包，遭到腰斩；

另一边，裂层从河床升起，

梯子和它的肖像画，

画架上神秘的出神之处。

同时进行：

事无巨细的"现有"，

这复活（三角形的两个角，

浸透轴心粉绿的法则）。

2015−3−21

无诗歌

只要两条腿，
有时，就能做成——
我的笼子。

不停弯腰，那年轻母亲，
从下面，拿出飞禽走兽，
扔进：
越来越拥挤的笼子，

啊！越来越无边无际。

2015-5-22

在自己的右边做梦

在自己的阴影下乘凉,
修习,或者圆壁画上(一个穷人,
正在胡同里推理霉斑。

夏天用笔在皮肤上
留下弧形灼痕,
右边铁链一遍又一遍流泻。

直到月饼盒(花花绿绿的码头:
跳楼的一把火,是夕阳!
现在黑暗给夏虫投出一票——

让我们参加阅冰会。
琐碎的、剥啄的"点彩派",
被落幕与环形流水洗刷罪名。

——

在自己的阴影下乘凉，

修习，

右边铁链一遍又一遍用笔，

留下弧形灼痕，

跳楼的一把火，

是夕阳，

琐碎的、剥啄的"点彩派"，

被落幕与夏天，

或者圆壁画上(一个穷人，

正在胡同里推理铁链，

一遍又一遍抱膝，

直到给夏虫投出一票，

被落幕与环形，

洗刷罪名，

推理霉斑，

现在，黑暗给一个穷人投出一票——

在自己的右边做梦。

2015-8-5

六月,我参加一个乡村艺术节

牛耳掉地,流血到文化站。
院子里的人和马;鸽派;煎饼:
像我朋友一张脸,
带着冷淡和忧郁气息。

乡村,白色尾巴被绿光捋直,
天把蛋下到河里,
神农在门口洗刷一柄锄头——
这是不小的世界。

艺术变得有点可笑,
艺术家忙忙碌碌,
惊奇地跟着走来走去的母鸡,
好像初次来到人间。

(一些无经验分子将有所成就,
他越笨拙,他越杰出,

碰巧尚不具备性经验,那就简直了,

"这封闭的天才!"如童贞女。

2015-8-6

白树

白树，人迹稀罕。不是人迹
他们休假，度日如年

稀罕，是不到，是办不到
人迹，人迹根本没有。没有呼吸

呼吸之间
度年如日（一日千里这就到尘土上面

算命，算你命好，自然界没有，不需要
介于装神介、弄鬼介、做人介

夕照中院子格外清朗
九点钟黑风，十二点钟家狗群吠

"异样。"我们心安而他们迅速
"困厄。"人迹稀罕于白树之困，困乏

(迅速节支的糖分融资凤凰镇白树
弱智之家想当然出了戏台北门

尘埃之中的——生活
尘埃底下的——死活

不肯让他脸上撸直的卷须
重新晕倒

栝楼在云顶海誓,出现山盟
山寨版天花乱坠(南瓜纽上刻着无人认领的肖像权

人迹稀罕,白树今晚节支
黎明时分天地平安

肖像权限期间,没有人迹
算你命好,人鬼之间黎明时分天地平安。

2015-8-29

树坛

树坛挖出的小圆坑，
干巴巴的黄泥，翻起宽大袖口，
像腰部赘肉，
围住软软的慵懒；
每个小圆坑里有只喜鹊，
拖着长长铁铲，
要带一些煤回去过冬。
麻雀在路上蹦跳，飞跃，
远离突然形成的中心。
他伸出手，快递认为正确的东西，
而我并不需要。

2015-12-25

白色房间

诞生一种力，

它的历史可以描述为逃逸，

和自由的涟漪；

青蛙与鳟鱼暗地释放轮廓，

再次发现：

轮廓已成碎片，并处于争斗的混乱，

将在那里琢磨好些时间。

是的，很重要。

白天，绒面收腰部分，

被牢牢缝住。晚上，黑丝绒紧身内衣沿着臀线，

一直往下，

然后鲜艳塔夫绸衬裙开始摆动东欧。

1971年，施尼特凯首次提出"复风格"概念。

（逃逸是暂时的，

爱情，重新抓了回去，

捆成一束花，

送进白色房间。）

（在另一个场合，布尔津说：

"所有这些东西都存在，

但它们不是全部。"）

（今天，成为一个完全的黑格尔主义者，

正如勋伯格之后，

撰写调性音乐一样困难。）

2016-3-8

无罪和平庸

一座铁路桥，
夜行货车经过
一头又一头牛，
栅栏里抬着稳健大脑袋，
顶端有些黑斑，
照耀苍白的地区，
黄种人在聚会。

一只又一只牛头窗外滚动，
长桌边的晚餐者，
很快过去，
寂静的黑暗铺满地面，
小巷里几粒灯火，
我会遇到奇怪的事，
而当代——

——

在照片上敲碎一块压着它的玻璃：

这些蜘蛛一般探询、

逃窜、崩溃的男人脸女人脸花脸狗脸，

粉红河豚的鼻疣，

烽火台一样静穆的马面。

（你拍摄下来，

第二次进入同一条河流，

其实没有河流，

而当代——

2016-3-11

有艺术家的山水诗

晚年，我要做个艺术家，
专门创作阴天、瓜分、漆黑，
周围镶嵌银牙，花边在地窖与暖房中兜风，
爪上四溅的茸毛起身，又跪在尘土中。

（我会装好马达，
计算不犯错误，
并且谦虚，
让她足够充血，甚至宏伟——鲸那样喷水。

2016-4-10

伏尔泰

被他们教坏,居然长着人的性器。

(草丛之中有点模糊的兔子)

2016-4-11

影壁

去掉一只黑耳朵，
就能在竹海之中进化，
打破万米之上，
花衣人做作的平衡。

竹海起航，
抵达晴空万里，
去掉黑耳朵，穿凿港口，
舰船碰撞，摩擦，

去掉一只黑耳朵，
看上去像退化。
平衡精巧的事务，愚蠢啊！
从没考虑到护身符。

——

井水比城市敛财，

闪电之夜,通体金光闪闪,

骄阳换张脸上身,

剥开多肉的绉纱。

田里种满卵石,

破壳的爪,收拢一把伞;

滴水校验用地:

起伏不定,掷出硬币。

鸡冠上爬动金缕衣,

总有一些活物,

你不知名字。

死去的,真正著名。

2016-7-26

中国阿波罗考

身体完美像东方，日出之前。

小小的集市，一个草台班子，
假装演戏，
假装操练，
假装疲倦地坐在树下，
假装有棵树。

日出之前，
一棵白杨没有假装成扶桑。
2011年没有假装成1911年，
汉口革命军运炮备战。
我们没有假装失败，
地下妓院也没有假装村公所。

你们喝咖啡时间，
他用来吃饭。
然后相约鸡鸣，参加洋务运动会，

打打篮球,骑骑马,

观众席上,只有亲爱的她高叫:

"吁,吁,驾!"

2016－10－5

新世纪

鱼继续进化，
会造"波将金"号，
并且学习另外的手艺，
以及男女关系。

听命于水：
只等一声令下。

被抓捕，被挑选，
被带上甲板，
重新命名"鱼子酱""鱼肝油"，
重新命名"鱼类"，
这点最为厉害。

从五湖四海，
鱼聚集，戴着水兵帽，
脑子还没开窍的，
直接做成鱼雷。

它们，全世界的鱼服从水的命令，

向陆地开炮，

洪水滔天，

不眨一眼。

2016-10-13

有商贩的山水诗

那些斑点一样布满树丛的猕猴，
亲爱的面孔开出苹果花。
它们把陶俑的皮肤移植，
朱砂的遗址鲜艳，经过天灾人祸，
修炼成精。

富有弹性的灾祸，陨石坑，
积雪洋溢初恋者的眼睛。你不要掩饰牙缝，
凑巧的美全在这里：风作为云，
瘫痪的商贩将继续走街串巷，
兜售山下垃圾。

找来一堆不负责任的明星签名：
那些斑点。几只猕猴——
湖蓝的嘴唇于舌尖推送帆船，
平静水面之上，
破烂的波浪要我们进入裁缝店。

比大地,树丛多一份工作,

树丛是大地的腋窝。

禁欲的麻雀会来收购殉葬的银杏叶。

(亲爱的面孔开出苹果花,

言辞确凿,没有经过天灾人祸。

2016-10-22

小白鼠

上了高速,神也只能坐在副驾驶位置。
身体显得多余,它的,
压出水来。
城镇的外围弹奏,
它的,它的肉汁,
流到脚踝,踩住红嘴唇。

迷宫是旋转的车轮,你走不出去。

(不要嘲笑爱人如此之小,
小爱人明天带个大胖子进村。

2016-10-26

某地在他身上突然降临

推一个波浪，
到他身上，
推一个，
再推一个。

我看着镜里——
伸手不见五指，
窗外明朗，
像掏空。

我降临混血的空间，
某地，
处于每次降临，
像偿命。

再推一个，
推一个，

到他身上，

推一个波浪。

2016-12-12

有翅膀的山水诗

一个水泡,饭桌左上角拱起,
脑袋里正在维修羊圈,无比稀罕。

你们好啊!
我妈都满意了,应该是好肉。

——

月亮滚出圆筒。
一场战役打响我们的传声筒。
灰色如蛋,
没被打破前,
靠河的风景平静。

截下白塔(旅长天天跑来浇水,
拔地而起,北海一排槐树,
鼓乐中,东海一斤礁石,
他咬紧老照片,

有个广州刺史拖着辫子，

在画油画：靠河的风景，

城里教堂好像刚从乡下赶来水牛），

脖子出没空城，

水稻血红，

春风丢失雨夜出游的灯，

美如荠菜，好如鬼魂。

——

她们粗大地蹲在那里，

用力颠簸，

迎接扫帚星。

——

人要生出翅膀的话，哪里美？

人生翅膀，

哪里合适？

父亲骑上一片淡蓝如烟，

口中喷火，

他说：

"你的翅膀硬了。"

（如此之强！生命力——

居然能在镜子里生锈。

百合花向镜子里的蘑菇挥手绢。

生锈的翅膀，

搬家的手，

从牛背掏出两朵白云，

叠成楼阁：空中，

蹦跳着嘶吼的雪球。

我妈都满意了）

落地，应该是块好肉。

2016-12-19

鱼类的安排

需有果蔬肃穆。

需有暗暗湮灭大地。

需有含混的交流挤入水池，

然后，在水池边。

2017-3-15

赞美

海水享受河水。

热的爱的肉体,
少年占有——
她如此享受少年的情欲,
正如海水享受河水。

2017-7-19

无诗歌

死亡这根针上，

爱，是个孔：

针眼。

2017-8-17

当然

神能不能自杀？

当然！只是与人不同。

神自杀了，

还在人这里活着。

人自杀了，

要去神那里，很难。

2017-8-31

水泥地上

人类有病了，
都是艺术家：
水泥地上的树站那里自残，
撕成一片一片。

——

要把二十一层树脂厚涂畜舍表面，
十分劳神，十分费力，
潮湿的美术馆，搁置三天，
每一件作品都很古怪，
裂痕在水泥地上出现。

——

旋涡，咳出的旋涡——更像小语种。
灰白色地毯，
新生是秘密的，大象一边死去。

2017－12－25

忽然

下雪了。胡同里的酒馆,
是个小黑点:向此刻靠拢……
(在北京,上帝也用普通话夜谈:

"看不懂的事,
我赐予爱,
她的姿势会告诉你一切。"

人间可爱,
有酒馆——
小酒馆。

(下雪了,这是喝高的上帝,
用普通话,
和天真的寂静窃窃私语。

2018-1-3

花下地狱

地狱挤满鲜花鲜
花鲜花鲜
花都是鲜花，
我没有扎根之地。

神鬼知道名字，
植物闹钟，
丁零零,时间知道我的长相。
过来人食言，

呜呜,话说九条
命的笼中，
"上,下,上,下,
去那里隐居"。

时间知道我的长相，
都是鲜花，

话说九条命的笼中，

灌着十条命的水。

2018-1-23

确定性

油画表层叠着知识分子结构的药剂师。
古国农药，
棕黑。闺阁翠绿，永远——猪圈之上的薄暮。

这世甜美，别碰大宗师，
他在调教蒜薹（不是洋葱，
脱掉外套，
没有确定性内衣。）文火
像我在故乡赢得不坏的
坏名声。

2018-6-1

戏法

那么食物摆弄纤细或粗大、
品相不同的四条美腿，
四处闲逛，印度人夏天出现，
黄河下游动荡平稳的咖喱

香。现况马戏团那里，
马戏团来到乡下，被村民偷走
会做算术的山羊。让它数数：
今年一棵苹果树结了多少

桃子？甲虫又得第一名，
座位上观众拿起放大镜，
烟柱顶端蹲着猕猴，
没有想到消失——

拖后腿是我们仓库，
进去，出来一阵春风，
吹过嶙峋老年，他是一个人：

年轻时候多想做驯兽师，

安排老虎与少女约会，
结果跑来许多母老虎。交配
而死的白杨树，
喜鹊于体育馆生儿育女。

"后代会带来无用的喜讯"，
灯下说起乌云翻滚的黑话，
不短也不长，诸位，
录音机里有完整的一生，

一寸，青草遍野，两头，
升起极乐世界九顶条纹帐篷：
马戏团来到死者门前，
并不是，你并不是乖巧的

豹猫。流下眼泪敲锣打鼓，
仿佛焰火着凉逃回被窝，
栩栩如生的木偶被剥夺血肉，
剩下皮影，光线残渣——

灼灼桃花啊,结出苹果,

报答前世所犯错误:

今年一棵苹果树结了多少

桃子? 那么,瓜分不走运橄榄,那么。

2018-6-7

戏法

软刺,不知是不是,
来自自负?
桃红的骨头戳你肉里,
旗帜! 无风的夏日垂头丧气,

质问南方:
辉煌至今就只有丑角了吗?
打着雷的鼻子,
像条彩虹,在回响的缺口:

影子推着车,
轴承中的水珠装备古怪,
说到严肃的事,
让大家出钱,

两腿之间需要造桥;
绿叶在一棵树上集体扮鬼脸:
当拔走存在(这条隐私的痕迹,

也就不存在个体之肉，

切成四四方方，
一块务虚：
它有边界，啊务虚，
它有影子推着车，

推入另一块肉：
那里摆放整齐的玻璃瓶阵，
软木塞减肥，为占有
不慎消瘦，跌落黑板。

那些白粉笔刺痛黑板：
"是不是自负？严肃的事，
就画上句号——脑袋带着光圈，
没有深渊露头。"

2018－6－14

万物

撒一把黑瓜子！星辰：
在胸,在失败的脑海中,
礁石摆地摊买卖淡水,
几年没有口渴?

天边表现主义的晚霞,
煮得稀烂,
大半辈子吃草,
人类,是我们忘记的

腌肉味道。
——神,有时以咸水鹅
形状,让人分享,
让人赞美。鼓励她多吃一口。

"你看挤占的船,
轻快的白色……"

——神,有时以肥肉形状,

讨厌瘦子!

2018-6-20

燕子

1. 夏日,有充足的——
凉爽黎明!

"在楼群缝隙,
不要放弃,那些斑点,
比一万只燕子,早起……"

2. 我不是前锋。你看那个后卫,
偶尔踢出生死一球,
无关天赋,无关运气,
时间的老巢里燕子忠诚。

3. 低飞之际,天气阴沉,
暴雨是大片茉莉,
你的魂,考究的季节,自己。

4. 我想天空是把大剪刀,
剪掉了云。

5. 鹰,作为回报过于直接。

6. 一只水杯,有时装酒,有时扣住黑蜻蜓,

梦里,万物都是如期而去的燕子,

泥,你驻扎大地。

7. 人在燕子的集会上淡出北方。

2018-6-27

本地区神

在内战中失火，
她的海图，岸形裂开，
岛屿烧焦，被占据的胸口，
这么多的水，

无线电导航台是粒琥珀，
溺爱的导航员沉静，
死于浩瀚。这么多的水，
救不了军舰在内战中失火。

本地区神是艘军舰，
依仗的大炮现在已成潜水镜，
徒劳地眺望光年外的海面，
信徒自由泳，泳衣——

绿得像一株菠菜，
身体更加鲜艳，不会因内战
而黯然。闪烁其词，

不是奇迹？阳光在海面，

屏蔽，跳跃着冲浪，
一片又一片耀眼的鱼鳞，
拥挤，重叠，拆迁，
斑驳的混乱：我是奇迹？

2018-7-17

燕子

孔子来到镇上，
在小酒馆，被人暴揍。
燕子飞去。

乡人请吃肉，
他嫌肉不够周正。

要识抬举，比如燕子，
危险时刻看不到飞来，
人间的善恶吉凶，
一概退避。

婚礼之中，我从没见过燕子出席。
有时候倒有乌鸦，
自说自话带来前男友消息。

2018-8-2

南方丑角

这是生活吗？我要的……
他们推着干草，
不，一车死蜜蜂，
去年之作挤走流水——枯河，

看吧，死蜜蜂的颜色，
枯河用坏收音机，
一堆脱落的爪牙，刺耳，
手指上血滴蜜意，

就是孩子们的糖果？
一车死蜜蜂是可期待的糖果？
翅膀糖衣会裹住
被黑条纹勒索的小身体，

向廉价配乐发射炮弹？
或者冰棍火箭！
夏天了，动物有假期，

参加飞马领衔的马戏团。

而他外祖父经营悲伤小店,
有很多面具,来自中国皮影,
小花裙,彩蛋,玻璃珠,
鸡毛掸,他常常拔下鸡毛,

装饰故乡满地跑的鸭子。
这是生活吗? 我要下水,
去追赶天鹅,
为什么你们不认可仙鹤?

2018-8-3

珍珠

就像冬天,热爱羊肉,
空气中酸奶鼓鼓的,
事件在发酵:
每个人,
独享聚会。
重新开始,回到从前。

(回到从前,
重新开始吃海藻,山羊绿了;
绵羊,在一枚贝壳的)裂缝之中,
缩小"瓶

颈上的气泡"。

2018-12-27

蝴蝶

蝴蝶做了鼻子。客人爬上
窗台,指着经过的
火车,今晚秘密
运送寒冷:

南方太热
情,重复交税,以为穿红短裤
就能过年。
嘴巴像花那样,开放

的海洋,主妇沉思
眼睛里的纯净水——
如果滚烫,就是鸡
汤。做了鼻子,又做了

耳朵,陪伴躯干卡在
灌木丛;叫醒靠在肩头的

烟囱。南方太热情,又一次
怀抱肥胖的闹钟。

2019-1-7

无诗歌

没有淹死在爱河里。

都是恨，

波涛汹涌。

一长串烤成树叶的鸡心，

从自身出发，

去自拟

　　不幸的胸口

也会出现奇迹：

有时候海枯石烂。

2019-1-21

同学女伴

谋画一年火腿成炭,

还没被我杀死,维特根斯坦!

他的同学收藏中国画,

年老色衰用来拍卖,

旧情复发,答谢孔方兄,

就请女朋友吃饼。

修订两张餐桌法学你芝麻

开门抠出灯下黑

芝麻

白芝麻满天窝里斗语法,学你王二麻子

磨剪刀。

他的同学做了两张大饼,

一张芝麻饼:奶油为馅。

1

亲爱的市中心牛马驮着猪狗,绝望间干柴租用苗圃。

一张奶油饼:芝麻为陷

阱,老师说过仍然得不到小姑娘

满分,她的同学选择:

A.巴勒斯坦。

B.微团购斯坦。

C.不毛斯坦。

2

我在ABC斯坦,

猫选择T,很不友好!

2019-1-21

西洋镜

奶油提炼到井口，

甜菜有胡须；

星辰灰堆松软。往下跳，

蹦出一个字也不容易。

我还要写诗就像海员。

忘记溺水，

你们渴啊，咳咳，

山泉成为非物质文化

遗产公平如玻璃。

日夜颠倒，错杂，

树枝纠缠红男绿女，

怎么看待武松打虎？西洋镜的春天，

田纳西农民在自大的环境里，

都归纳西族管理。

夜郎，

我写诗就像海员忘记溺水。

2019-1-22

激进的无神论

可以简化。做点心
去面粉厂捉奸
珍珠港会下雪。可以
做点简化工作，
灾难已经打过招呼，
要迟点来这里展览
一幅画：

我们占领伏尔加河了吗？
他可以简化城堡，
也可以简化联邦，
或者"总有一种
陈腐味？"星辰堆里捡漏工匠
在地球上雕出螺旋形
九回肠贝类肉质鲜美
经不起大清洗。

风景中的树不适合上吊，

你破坏了游客审美。

(野田在雪后拌面:

青色构建废墟

数一数手指上的小清新!

刚才,"亵渎

是诗人的修养",我还说什么

激进的无神论在死水的

反对声中小心冒泡。

2019-1-29

诗人都有晚年

枯草蓬松,下午五点,
我看到一只坏笑的野兔,
跳跃。
摔倒的小孩,
头盖骨里的闪电!
会疼,头盖骨里的闪电!

2019-2-14

年鉴

月亮的角,一头白牛,
几乎丢下汤勺:
水面顺着把柄流入大运河,
怎么办? 云的布袋肿成

半边脸——而他完整的脸,
从正面,
"精力充沛,"
挑战了全神贯注的仙。

"这是一只自我提升的猪头,
但也无法区别对待。"
仿佛此处留有许多贝壳,
可以再次诞生古代。

2019-2-21

洞见

冒着洞
口词

语，
不是洞口冒着词语。

发现一株小叶突蕨，
形迹像极其中
有罗布泊。形迹像极罗布泊，
其中有肝脏。

已经精炼得不需要
外物
帮助进入生机。
形迹像一种木质影迷，

另外一种影质迷。
撒手铜肥皂

洗干净。

多么福气。进出之际，

堰塞湖畔,群发肾蕨,
当地人为了高兴,
骗我,说它的名字:
"突蕨"。

电商有一位相好长成龙头菜,
南方姑娘在你
妙龄的身上谁给河马
种牛痘?

2019-3-9

傻子美学

娇生惯养的一个傻子。

好处在下雪,我对专家所知甚少,

如果风是宗教,

进入糖水肯定不是帆船。

进入海洋肯定不是密探。

下雪了,白色的乘法口诀,

每口空气都是少年,

进入身体肯定不是铁钉。

你家娇生惯养的一个傻子,

作出邀请,做了头领。

进入公式肯定不是宇宙。

2019-3-11

南方丑角

借他彩衣。

过于昔日头发茂密。

坐进第一排，

焰火的注意力：

跟随抛物线，

会不会丰满皮包骨头的虚无？

没那么抢手，

蜡烛是个难忘的秃子，

不说话，再次，

你要再次，

再次表演儿童。

（跟随抛物线，

驮着大步流星的形式，

焰火缓缓下坡。

2019-3-16

"夏天,很多烤秋刀鱼摊位……"

我选
一条
不著名
道路。

去了罗马湖。

2019-4-8

来回

我在你那里找马槽，
用一吨海藻，
做蛋糕。

(写诗：是一个神努力成为一个人
的
经历。

2019-4-9

底片

我在很奇怪的世界里好像一对母女。

2019-4-12

有猕猴的山水诗

我很绝望……不知如何
从未来理解品味，芫荽
用强力占据绞股蓝立柱
圆滚滚肚皮掀开
奋拉上面的长尾：

小孩子装满一盒
白净立柱体，
吹着的喇叭被粉笔画圈——字母
镂空，也看不到新生儿：

艰难的树枝，浑身毛茸茸，
你汉语纯正，你语法
闪电一样：

不知如何……必然
会燥热，花园溃疡，
密布去壳白煮

蛋间。今晚白煮了假山，
暗地里立柱浑身上下
布满花纹与影刺：

过度的修辞，一时都在假山之中，
但你汉语纯正，你语法
闪电一样，
引入渠中：

闪电一样引入渠中流进大河，
拽住尾音，逐渐拉长，
小孩子在死海装满一盒
白净立柱体，
无人愿意镂空字母存活：

白色很快变成灰色，
假山之中，小孩子迅速落水，
涌起波箔。

2019-4-19

湖

在精神上，你是爱，
在肉体上，哦，没有肉体！
两人隔着渺渺湖水，
对面不见，"意识是个斑点"。

2019-5-2

有时

有时,宇宙是一堆卷心菜,

一颗拱一颗,

一层裹一层,一层反裹一层,

没有心,也没有中心。

只有被我想象的叶片,与叶片

缝隙,

它的黑暗,仿佛黑暗的心。

2019-5-4

春蚕十四行

我在首行,谁有处女地

告诉她们第三行阴影中

会出现青春

痘,收藏于豆荚

如被桑叶抹胸的

春蚕,轻轻一碰

腰肢荡漾是节日,

兀然掌上,好奇又好心

谁有好心地

见过明珠吐丝? 转五指山

又五指山,止观喷泉

从乌有乡十二黄道

缥缈的大水池里

这些丝! 似乎满月在结茧。

2019-5-5

150

北方农业

它的作品包括高粱、白杨、老白杨

及其小白杨。它的作品，

以荒芜最具影响力——风景

最伟大成就：

马上就要

刮风。

在空洞的眼里此刻

无物会向播种者

送我一只燕子玩玩吧。

2019-6-18

太极

我们没有那么大
差异,性别来无恙,
屋顶过于斜坡,空心菜增加到
七亩,自然

魅力十足的豹皮蒙在鼓里。
衣食住行,每人
头顶一行字:
"激进的是,否定了

不激进的是种子。"
通向甬道,
接骨木暗号疏松
墙面湿润的养生馆。

她时髦得不犯错误,
对应物
增加到集体活动

龙颜混沌,鱼池太极端,

太不称职,
极不称职,开小差的蓝夹缬
欣赏自己油门,一脚刹车炉火纯青,
他出窍的,都仿佛紫云英。

2019-6-27

鹤

没想到你的后面这么丰满。

2019-6-30

面相

专家看得见死亡。
或者说死亡给了专家看见它的权利。
冷清的微笑在山冈拥戴皇冠，
铃铛四面挤奶般兜售活蹦乱跳的湖鲜：
细皮嫩肉一阵清风没有东西，

风吹进风的耻骨。
凉拌芦蒿，鬼脸打扮夏天——
妈妈单位里的小伙子量身定做，
过道里堆满纸板箱，
情书把一支箭折断了箭头，

喉咙被砍，奔拉公鸡帐篷，
继续保持身段灵活。
嗨，虾在腹部插满彩旗，
等待有天醒来：晚年的龙
它会邀请来不及摘下飞行帽

的飞行员来基层做梦,省掉
多少成本?高处的云堆得像
熊秉明的床头药瓶。
我对天发誓,这辈子不爱护城河,
一路走来都是小酒馆,

给鲫鱼看面相,
打烊时候桌上全是补丁,
鼻翼粉红湿润透得过男性飞舞的眼光,
业余爱好者这辈子不会爱专家,
太有钱了,他们申请破产。

2019-11-7

抱团

薰衣草还是青涩小饰物的时候，
识字，考试，要期末苍凉
过早处理农田荒废，麻雀头顶疏离的黑毛，
聚在一起光滑如球，
捏在指尖随时准备脱手
只是还没讲好价钱——安神风尘仆仆
抵制好奇之夜，
别以为谈判有这么严肃，
又不是严肃的止痛片。

需要理解方式，这种更大的抱团
昙花一现实现安乐死，
环形的腿莫名其妙吊在护士腰间盘
盐水瓶中有滴泪，
引力波浪漫主义绿光辉灿烂，
涟漪争抢水泥砌出的红专帽子
葬小丑。达观有眼珠圆满南方溜冰场
轻飘的燕子尾巴打造两根竹竿，

用来搅动

卷入尺寸的紧张香气，

填充缝隙里无所适从。

最终选择磁带上面涂层胶水吸收掉男女

关系到委屈的保质期。

纯真,这不是我想要的醒脑精油,

误读滴在肚脐眼的眼药水,

置换水库之名,许多绰号剥夺美好的体育:

(胸脯挤走你的度量衡)

2019－11－10

月亮,月亮

南方比我们有限。
想起伦理,就有两轮月亮
背靠背:
比南方有限。

2019-11-25

南方丑角

总是缺点，睡觉到不了高潮，
睡觉的高潮耳朵割走还呼呼大睡，
他们摸黑进村偷猪耳朵，
不会惊动躺在身旁的丈夫。

涂满菜籽油的林场滑入星空，
宇宙完蛋，那么酵母鸡无边无际，
浩瀚的肉罐头忽然爆炸，
于是醒来绕着尖顶螺旋的火——

而此刻模糊，失去放心的轮廓，
所有世界装进一个世界，
多余身体用痛苦粘连再生
魔术师的事。但，但总是缺点：

因为他们摸黑进村偷猪耳朵，
屡屡得手，猪怪罪躺在身旁的

妻子。"我反对家暴,

却常常被女儿打得鼻青眼肿。"

2019－12－11

逃亡的翠鸟

"头发掉太多了，
在顶上，你们积雪，
落地——漆黑
集市，夜。"

冻僵的野鸡没有她寒冷：
两件精美的丝织品，
古老仿佛农闲，
而远处风景复活如雷，

从砍断的生物链
喷发
天蓝、立柱
一样的血。

"头发掉太多了，
在顶上，你们烟花，
落地——漆黑

种子,夜。"

像根针落地,
骨肉离散,细巧要出走,
真相握着手中的线
无家可归,它洁白、

孱弱的腿,
露出破绽跨不进
那道门槛。
我相信布并不能制服!

你们有很多彩虹,
从不缝制救生圈;
羽毛的航程布置
一个个水坑,本来逃亡的

"翠鸟"。

——

逃亡的翠鸟,

163

恶劣的气候弥补你

爸爸的怀孕能力，

而柏拉兔没有鸟蛋。

2019-12-29

气泡生活

他们已经像

滚满白糖的

油炸

禁区。不是蜜饯吗?

不是

伤害过气泡生活的

圣女果?

她领养了

葡萄干——

用来镶嵌癞蛤蟆,这

理想的亲生儿:

当然,对我

而言,驮着干草的哨兵

正向池塘致敬。

2020-1-6

艺术

融入橘猫的颜色。遭遇

台风的郊区无名之河

比平时宽，像撑开

榆树的荫庇。假想敌占领南京

撑得满满

友人都被剃掉

撩起画着青绿山水的

屏风

以为烫成屁股

形状，也是神了。

很明显你生错

家乡，

在艺术的太守

任期。物理迷让有趣变成她

枯涸的习性。

（学徒）骨头缝

青草吁吁，仅仅

生错家庭。

我要吃面,我去

下面。

2020-1-7

牡蛎

作为物价
涨了三倍
的潮水。
气泡
牡蛎
一样的吸铁石,
神明在此
端着
砂锅,
否则鱼头没这么美味。
第一次撬不开我
的话你就永远闭合。
——
(吸铁石一样
的鸡)肝。

由于严肃而长高

阴暗
天气。公园里独自为战
一小块天气。
居然
这么多棕榈
显得格格不入
我不入那亭子
我不入那假山
朋友笨拙驾驶一辆三十年代坦克
从左手尖端跳跃着经过五指
时间尚早,又以同样方式
在右手尖端跳跃一遍。
难分难舍,你们两个
好样的!棕榈
特写——给棕榈一个特写吧:
由于严肃而长高
的
天空之家。

2020-1-9

野兔

想把它烤了吃？
蹦蹦跳跳
从两个人的相约
地点
出逃，现在
舔着自己抬高的公路
月亮像只爪子
砍掉一只毛茸茸爪子
换上白银爪子。被它挠到
信徒定会皮开肉绽。
而青草可以止血
野兔知道。
野兔还知道你想把它烤了吃，
动物都反人类
有的伪装一辈子比如这条狗
舔着自己抬高的后腿
刚才为主人逮猫。
此刻，我逮住乌云：

上帝是多余的一根硬骨头，

柔软部分全给了人类，

所以我也反上帝，

也反野兔——

"野兔愚昧，不知道哲学。

而青草可以止血

知道这点，多少

医学上比人类进步。"

2020－1－12

致敬

太阳升起之后，

我再梦见的人

美如机器。

（传统的木头织布机

和不那么传统的铸铁宫殿

它有许多附件看上去就是艺术品：）

于是一起震动

邀请大象用鼻子卷住你

然后放到上面。

2020-1-14

燕子

她的乳头花椒

我很好奇为什么

公园充满骚动?

为他人想想吧露水

细小树叶的珍珠储蓄所

在假山后面

贴着膝盖,狗,请你慢走,偶尔

求助的热情

卷毛一样随风波动。

灌木面无表情

麻雀被压到胸口,

也没惊恐地飞走。

2020-1-15

豹子的观点

没有展现

利己之爪。没有展现,无法。

珍藏于利他性腹部

蹭饭一样

魔鬼进入沸腾的树脂

——更值钱。

会用琥珀,她用观赏性交换天竺葵?

肯定更值钱,闲逛者进入地狱。

我没有展现利己之爪。

我无法展现利己之爪。

2020-1-15

内心之战

撒下一把米给

黄雀,留在城中

他弥补错误。

提起朋友,(明年还要跳舞

牛,皇家不邀请你去自行车大赛

她们骑马,薄如蝉翼

叛军冲进长安

现代文明的种种好处

轻而易举打

下飞机,我骑马,她骑自行车

乡村公路两边布景憔悴的薰衣草……

尚未成精

油已丢失水分

无人管教的猪吃掉姨夫

瞎子先生认定皱缩的

巨鼻永恒,扯断的

手风琴:耷拉两腿之间)

撒下一把米

黄雀也没有回来,叼走纸牌

显灵瞎子先生打出的对子中,三个人输掉

轻浮,

兀然箭一般直

接回了"什么"。

2020－1－16

偶像的黄昏

找不到出处是不是
挺愉快的事？忽然
挣脱了文化宫，
我们在门口骑车，

——

骑得飞快,快要撞上,忽然
刹车了青春期
于是
好久没去郊外游泳，

——

水库多年以来一直是
水库。水库本质上是
文明的,也是青春
的。郊外,从此以后

———

小伙子付了钱
从此以后，就比实际
年龄看轻。这次
我有时间审视暗处的面孔。

2020－1－20

杂技图

"这真是个奇妙的机器。"

她两腿跷起

把一张桌子踢得上来下去

我就没有

丁点生理盐水?

过了一会儿

他们——不吃素的青年,爬上岩石

看着激流挺胸抬头

冲了过来

"喂它安眠药,

我就不信

黄河不睡觉!"

……今夜动荡的动荡的动荡的动荡的

桌子有戏

当它掉落人群之中

曾经这样,也可以不这样

换螺丝。

2020-1-20

洞见

"他像一束光自沉海中，每个字抖动，却被捆得紧
紧。"

——

麻雀浑身都是观点，
没用，一个也没用。
海面竟然一层棕色。

——

粼粼的每个字抖动，
"船，笨拙仿佛刚学会骑车。"
起雾天气，看海，我在看
一只
麻
雀。
多少有些妨碍我的老年……

——

发条太松,也太松

拧出

一摊水,

不能喝,只能游泳。

——

这么奇怪!宇宙赐予的特殊待遇:

麻雀浑身都是观点。

2020-1-20

电源

想由你说,

疏忽的蜜语

过于稠黏,摘掉胸针

判断起来难免

想由你说,

沉重或者烦恼的

正确:那插座

作为古典

想由你说,

不作为

遗产如此丰富,如此

此人

想由你说,

风流韵事一件也没有

白衬衫

去,山核桃

想由你说,

骡子看到河里倒影

通识比偏见

更加怪癖

想告诉你,

驴子

马

肯定真实。

苔藓

更重要的
状况也是
在吗？异位妊娠你们猜猜,也不好说
第一句,啊！不敢喝水

——

因为可视性汉语
放大缩小能量包(发呆的
海参都没有成年
闪闪发光)滚满软刺的

——

滚满软刺的运河
拖船：我看到这一侧
苔藓像一张世界地图
想象不出另外的坟墓。

2020-2-1

河马也会失眠

你只消让队伍在那可有

可无的

花果树旁守好

声音不能保证

待字闺中的准确率。

胎儿的

镜像宇宙：

于是没人是瞎子。

我们先在这里，

先在对面，

然后才能看见

我们在对面。

不虚不实，

那棵有，那棵无，

人类纪元最特别的一天，需要百年，我想说，

如果折叠，可以对称，

就已和你或我们和你们度过一生。

（总体而言是做加法，

拿起那顶有马鬃的头盔……

忽然)醒来,

不过,我不太关心半坡人的苦难。

2020－2－3

不要装饰品

装载诗艺,一船孔雀翎,贩子殉道者来北方与景泰蓝类比思维的力量?

"天工"

"开物"

拾遗的日子爱丽丝梦游

仙境混战……嗜雪沉郁降临走到门外汉,慢慢学知识

错觉下午神经元歌德冗长。晚饭多年时间之箭准点,鹅蛋脸DNA私通,轰炸

机不可失

象征主义庸常。

但也不是没有用处。

最后,李贽表白一下

我挣钱很少

并不影响生活。

2020-2-4

"不能,不明白"

1. 如果声誉鹊起于乌合
之中月明星稀罕有
骄傲
杀死——你的什么。

2. 明天必是他们
不吃炖菜因为节日
用来养鱼:
娃娃鱼
一下子成人。

3. 虚荣的焰火收拢
虚弱的夜巡网。那时青春年少分开善恶
一条清澈见底的小河
变成海洋。

4. 零件磨损
脖子扭扭屁股的水妖

像块半透明、

半公开

软骨。

5. 摆个地摊

杀死你的,已经提前动手。

6. 明天必是: 公路黑暗

比夜色难以捉摸。灾难发生之时

人类文明与他同舟

7. 共济(会是它

上了贼船。

走私)戴口罩的国度

8. 姑娘。"如果我觉得奴隶制不好

我就去当奴隶主

然后派宝贝去找一棵槐树。"

2020-2-8

年轻的时候也没在河边

以空间换时间，
下的雪，它算什么？
现在想起：死亡，
要死两次，
一次空间里，一次时间里。
或许只有一次，
没有时空！
人体、认知是节俭的。
用
掉点花花绿绿消磨水墨，
那条内裤大红，
库存的玫瑰：
小小的惊喜要求
自由出入
不毛之地。

2020-2-10

珍珠

我们邂逅雪天猎人
都有一台老式的
黑白电视机。
晚年噪声,晚年宇宙
噪声的圈地
心,并不叫
脱毛剂。
你如果需要剃个光
头就有渔夫
在你经验之外用小刀撬着
贝壳。有没有珍珠
凝练如答案
在他经验之外,去,
我也要这堆拖沓的肉。
珍珠是什么?
珍珠又是什么?
珍珠到底是什么?

(我们邂逅,

谈起昔日

并不叫

不小心。)

(坏消息是个孩子

画在墙头的

太阳：每天照耀！)

(……便宜的……倒影的)"而

且"。

2020-2-11

丢勒的野兔

我诡异的神情被他无所保留
纤毫毕现。
厚颜包裹忽视的
一对,彼此
绑上
"耳朵,铤而走险,合乎解剖学"
桅杆,满足海底
谁在捞走失的兔毛?
这不重要,
如果专业过关
一根一根粘贴鲨鱼
下颌光亮高悬菱镜。直至出现尘土,逼真地
蒙着抱歉。

抱歉! 作为平面,
野兔大有
作为: 徒劳的世界
再次讨人喜欢。

2020-2-12

193

生物的自控性，就是自由

拒绝噗噗。

没有匍匐前进。

即使在你美妙的躯干上，

我也没有匍匐前进。

一到合适时期，野鸭越聚越多，

湖水像一张捕蝇纸。

2020-2-12

天使坏的倒影

决定融化那块天空。

"无人阻拦。已经黑得像你母亲,

缝隙张大嘴,出来

透口气。"

星星从更多星星里

探头,重生为语调,溪水幽默

黄雀有趣又不轻佻

孩子主义已经

过时!

"既然已经黑得像我母亲,

那就过时不候。"从更多星星里

潜泳的明镜非常滑腻

耐心十足地捉着泥鳅。

散点我于微光中,你的

苹果园里涂得好好的一层橄榄油

也涂在明镜上面。

所有努力不值一提无非

不被明镜抓破钻石公主的脸。

刮掉胡须,灯泡在大队部现形
古老的田野,现代农业
无从下手。他把收割机开回
年幼,那里几乎可以不需要
西药房和地球。
天使坏的倒影好奇地沟通
你却拔他的毛
卖给我们。

2020-2-16

在第二点

"不",加上引号说明假设性

不

脱身而出,没有气得发白的脸。

"薰衣草再美,不

也不如脱衣舞娘

不断调整的角度

显得完美。"

窗口很好地

选好位置

她在灯泡中代替钨丝之

不: 大学里的轻诺诗社。

奇妙之处你一旦涉足

存在着存在之核中内胎

起皱的不存在。谦虚

因为难以称职,经验只能调整到

我进去不久

就要换个姿势

为了让不存在。

再次，

不，

存在于

"　"。其中没有

故而世界起源

同时也止步于童贞。

2020−2−17

鱼汤

某些事物进入不了此地。

我知道你的秘密

于是

他们仇敌。

呜咽并非窃窃私语，

善举在尺度之外

割猪草,冻裂的水池

腰围中

罕见朝气——长成一堆棍子!

混淆,并非能力。

2020-3-1

蛋壳画

运气很好。
是个懒散的
惯用伎俩。
桃花水母火焰下钻出
云层像一件破衣服掉
在月亮上好冷。我希望
我能破例，被你端着
到处飘荡。燃烧的晶体
更加灵异：
地球也就是沼泽中的
微生物。在你家，
救生员骄傲转入地下，膨胀的快感
很快塌缩——
黏附蛋壳画
的圣徒上山下乡（无人跳水。
沼泽中的
微生物）：
热爱成就吧，运气很好。

2020-3-7

满月

去窗口,也太亮了,
弹簧般站起——
吓我一跳。
(宇宙轻薄仿佛压在弹簧上)
那块
易碎的玻璃板。

2020－3－10

坏字母

无懈可击的会计师波浪，北风吹歪了陆地，
而命运唯美，从不算计，
能用一杯贪睡的淡水
淹死所有的盐。
而隐瞒可笑，无名丛林，
逃过太阳晒出的身份，
天才毫无特别之处，所以天才刚刚亮。

2020－3－12

枪战片

西方在复辟番木瓜,我们
一直到中世纪造了直升机
运输马蹄铁。隧道里堆满
迈不开步伐的蓝莓

———

都有好看的研究和腰间盘。
演技派占了上风,
柳条编制彩虹陶罐用来贮藏
精液。青蛙是女娲

———

盖子,儒家是旅馆大堂
摆设灭火器
"帆布自由了",倒行逆施的布帆——
黑色文胸战斗力极强

——

等他,演技派占了上风。
直升机上的狙击手
饿着肚子押送。
"二先令一打

——

的牡蛎",爱尔兰人粗野而博学
我认为他最大的优势在于酒精棉球
接触皮肤后充分展示
"把握时代的才能"。

2020-4-3

出门

"诗写完了"，就是梦。
太阳在他的一只眼睛里喝水
脑汁被绞尽的
烤鱼店

——

宫本武藏该来劫火车
南马第一次看到西部世界
汉人单薄的棕色底片
玩命大师玩坏了笑

——

(你邀请来的妹子
酒量吓人
左岸早有传说
她的胸脯仿佛鱼尾

那样没肉）

火焰跳得比我们高

级不到哪里去寻找

拆掉耳房只有

两座十字架的

市场

（磕磕碰碰，我在摊位中挑选磁带）

要痴呆那种。

2020-4-6

被声音吸收的耳朵

"让人体
到达生命与青春的限度。"

——

你会到无知的限度
赤裸裸的白天之中
一个又一个夜
挤上林荫大道
与星期天的男浴室。

——

另外,你会听到我们不负责
和大自然不具有任何知识
分子的博学多才
能逃一劫:
不成就自己。

在蓝天底下悠然地

出神，而不

入化

于简略。

——

这束花，从垃圾堆捡来的吧！

故事性如此销魂。

2020 - 4 - 14

无诗歌

现在所有的
阴影,都在摆脱起源
给自己命名
既是猎人又是猎物
的形状:叫喊,呜咽
叫喊——呜咽——的形状
其实
它们更愿意无声
不挑衅理解力。

2020-4-19

玄学

爱是玄学
神秘的体验
对,体验

用身

体验

收

黑暗。

对,用身体验收黑暗。

2020-4-19

本地区神

万物疲倦,全无新鲜感,

所以迟迟不来纳税。

2020-4-28

青草

青草在来临前颜色发黑。
很快还要倒伏，
爱着，嗯，无需奔跑，
不需要减肥，因为一点也不肥。

2020-5-11

一看都是南方人

一直,我在与写作中的清晰性肉搏,
天真女没有毛片。

如果还在关系之中,那么
肯定
状态不佳。或者老虎,或者苍蝇,
或者短小的熊猫。
对于世界的准确开始提不起兴趣。
鲸如何住店?
有关宇宙,诗人知道不少,
只是不说。

有关可能这样,
满月引起体内水的波动,
你又浪多。

2020-5-12

无诗歌

丑陋遗忘你们。一切具体，
抵押干草，具体的公牛喝到母乳，
雪，如具体，停在两岁半。

2021－1－3

鳟鱼

山中水也成肥料，

一种不快。

有人冒名顶替，

你说那些东西死了吧，还活着；

一种计较，

你说那些东西活着呢，都死了。

年份文字链接着，

说明鱼：

头顶，一种破灭。

2021‑1‑8

磨成虚空

磨成虚空,被它擦一下,
几乎火灾啦!
蓝色花的
亭台楼阁,
作为控保建筑,
隐隐约约
心计
至深隐患之中。
(于是于是唯一唯一
不被删帖的
唯一烧死于是。

——

于是并无凤凰。)
内心已成焦炭的
宠物:为什么起先出现蓝色花的亭台楼阁
乌骨鸡此刻没有耐心?

2021-1-13

216

不准动物

形,可怜我们
吃喝。

好玩吗？先看
书中插图熄灭
顶之灾
祸水波翻浪涌播放录音。
形可怜可怜
能不能找到
叫醒真有点像别说
最后一个？我是我,
不准动物!

肃静:播放偶尔
给脑子排水录音。

2021-1-18

无诗歌

山羊长相的鱼,突然出现
脸,
也不会成人。
庆幸吧！奇迹。

2021－1－20

无诗歌

夜的消息有颗蓝珍珠，

丢下一个眼神，

就要逃跑。

坚硬的千年在海洋周围。

2021-1-29

东西

像一头大象悲伤的脸，
潮湿，天气在空中很好，
走到游泳池边，随时准备一跃，
成为另外的东西：

平衡木已成舟，
划过，都是苔藓，
如此轻声轻气。柔嫩。了解。
而脆弱（被烈日灼心的苔藓

揉搓岩石，宛如胎记。
一头大象悲伤的脸），
仿佛悲伤是悲伤的脸的胎记，
成为另外的东西。

2021－1－31

是什么因素影响剧院从业者的不稳定性

梅兰芳或贝克特,是这家
剧院经理。后来发配边疆,
观众等死。好奇心作怪的
天气,演员学会

睡前宰羊,在一棵
嫁接睫毛的苹果树下
滥杀无辜。落幕后玩家
控诉那些受苦受难的核桃,

每个皱巴巴的褶子
掩饰失败的创作:
没有莎士比亚或汤显祖,
(比剧院经理更早除名,

看门人登记幽灵般的来访者……)
下午冷场,夜晚空地,
领先的旧世界猴发现新冠高戴

麒麟喷气式角色,A角,B角,

英语角,朱家角,我们嗜好古镇旅游,
淘点便宜货回家,而基本
清洗掉看戏的业余;从中间
劈开腿,塞进两个膝盖,

它们灵活转动,为了专家
便于脱胎换骨——再就业。
在一棵嫁接睫毛的苹果树下,
不眨眼,因为无眼可眨。

2021-2-2

无诗歌

水母亲
近的天空。
两年。两年由来已久：
在地上失败，

我的故乡没有赢家。
（闪闪发光的
沼泽景观,你看到）鹌鹑,爸爸。
闪闪发光的突然。

2021-2-8

地方织物

在我这里,祖先是个哑巴,
书写并非叙述。

2021-2-20

她用一块兔子肉

她用一块兔子肉，为了激怒我。
既不抽象，也无具象。

一块兔子肉
在不快餐桌上"体象"：

越过抽象与具象的
滂沱形体，渺小观念，

外甥追捧的那头粉红
幼象：鼻子柔软，

没有兔子四肢坚硬，
砍也砍不断。

剥了皮的兔子，
猫一样冷漠（世界终于腹部

激进而性器寂静。)

为了激怒我,昼夜动荡。

2021-2-23

兔子是只蛋

兔子是只蛋。回到动物（般存在，
人类历史不需要知道，村口，
游荡，浓雾仿佛
墓地中的露水，
顶端完满），滚到……地平线，
"他们幻想捡个便宜"。

某天，兔子
穿着
蛋壳
奔跑，
绰绰有余的脆弱：
世界上，你一出门，屁股浑圆。

2021-2-27

没有树皮的树干

没有树皮的树干,像绝学。

"你写了什么?"

"无知!"

无知! 我抓到一条大家伙,

——

然后,扭开脸,

然后,多余的挫败感:

然后,地球突然发现自己不在天空之中。

然后,将去哪里,每日航班?

2021-3-9

夏天

夏天,军团向前行将就木,郁郁葱葱的
小树林,知识青年上山下乡

四环外五十公里之内无农田
养鸡场上空海鸥乱飞几个人

被逼疯了,疯吗？回家问问
做完饭她还有力气打我一顿

木制的捕鼠器：你属波斯猫
地理学生物学——喊谁赶考。

2021-5-2

容貌下面的天国

容貌下面的天国，
漩涡，
跳水的私人财产，
若苏丹人来，就没有这些美

味
道
歉收的香料，若赶路人来，
下面，天国的漩涡：

兵舰的旗帜，灯泡，奶粉，
热气球挣脱掉衣服，
终于让上面的
容貌有了下面

中将军衔的美人鱼会是怎样的
景色。

2021－5－27

黄宾虹与农村公共汽车

你,过于谨慎
那时在摩诃庵郊游。

(参加活动,到下午人才济济,
不好意思
我是游击队员?
晚上聚餐,要一款格鲁吉亚红酒
想不到太甜
看来年轻时候
文青与法西斯差不多。起来吧,
起来反抗戈培尔和戈尔。
热爱培根、番茄、鸡蛋。
热爱盐汽水、昙花。
热爱盐汽水泡沫和昙花一现)

而公共汽车潮红,
至于农村什么颜色,
说不清楚。没有人

毕加索那样

希望经常性给您奇迹。

2021-6-1

这些青草

这些青草,也会黑暗。

2021-6-3

思考税

思考已经得到。

天鹅绒裤裆：

松松垮垮弹性力学笃行于

天鹅肉夹馍中：

睡了两只翅膀，

羽毛球

团圆一般缠绕着绷带。

消费凶兆：行走的

笨蛋。

如思考税。

2021－9－25

234

熊,星空之中的大爷

这次,
安排冬眠结束的
象牙塔
大妈,你的姐妹继续施加压力,
白桦树断掉
七根扁担。保佑!
可怜的猪队友,
在冰河举办
肉类比赛,
上帝也只有一周。

2021-9-25

天文台

贡布罗维奇:"不能让人拉到民族的高度上去。"

天文台,扎堆

突然,灌水

陨石坑,金鱼鳍

怀抱天使的护士长

实用说明

只是小地方人。

自传成分

她说教

你又没有夸耀

罪孽属什么

龙,老虎或狗

标出:蚌学院。

生为罕见的发光

酵母,马尾藻

装饰碧海工作餐

哦,朋友告诉

我的希腊名字

变成水泵维修。

不候存在于

沉默的另一种

面相——沉默的

面相学:幻灯片断

逃离光源的、起皱的

羊肉,预谋注册狮子座。

2021－10－31

蒸馏水

水中花,水中蜘蛛,
章鱼的口袋被几根细线束缚,
她和她们的卫生所,
聚会不会推迟开学:
教师尚未成年,已经脱发,
进修在寺庙、道观、教堂之间,
而他可能去影院。
他从来不是无神论者,
他的神行为谨慎,
哎,具有某种叙事性,
没问题的,例如麻沸散,
推心置腹的时间长度。

——

请用螺钿勺! 鱼子酱不碰金属。

我在驳岸。我对河流的理解,

我能游到对岸的河流才为河流，
否则就是海洋。一个女孩在船头
谈起蒙古象棋，这些国际象棋的亲戚回到草原，
已将绵羊加工成新款，
刚从浴缸受惊跳出，
没有擦去浑身肥皂泡的
婚纱抬起巡逻兵，夏夜，
退热，被拔掉插头的脱粒机。
窗外，我是无神论者，
由于水，毛发垂直，
成为你的钉子户。

鱼航员即将升天，殉道于网络。

——

压进弹仓，绰号缓解疼痛，
不然暴雨。我的购买力喜欢干爽。
收集蒸馏水的荷兰水瓶子，
"无论怎样做，都将内疚。"

2021－11－25

无诗歌

确实,神学怀旧。

夜夜观望今日,

如挂嘴边,

可能都

过时:

月光一寸。

2022－1－14

老鼠嫁女

如果这是地狱，
我不下，怎么像热气腾腾——羊肉店？
吃素多年，新娘，你孩子
做了菜鸟，你的气味，翅膀的徒弟。

2022－2－4

无诗歌

退到一只钟里面，
钟坏了，出不来，
钟是濒危物种，
在你家看见，在我家看不见。

2022-2-4

快乐的科学

五个女神来了，
今天，五个男人，院子里，
芝麻秆踩得啪啪响。

我在井边埋下地雷，
请勿靠近水：
好不容易绑定闪电。请去厨房：

他二月的冷里给大黄鱼
抹海盐。

女，你不会死，会老。

男的职业和大黄鱼。

仿庸俗的父亲偷一只鸽子，
拔毛，火灼热。

而,而,刮鱼鳞不是诗人的工作。

2022-2-5

言桥

做成标本蜻蜓,尾巴血红,像冰镐,
看法不同,
就会击中翅膀上密布的进口
透明得炫目,那张著名图片
被修改(于是兔子被兔子抱着,
免除蜂蜜之苦)。

———

我们分头。

2022-2-5

爱神兽

一只猿猴，
身上出现，
一个组织，野鸡野鸭，
来参观，
她的后代：

——

农药都被脐眼吸收，散发，
披头散发广告：

我们是"搞成这样"的接班人：

——

把外星人骗到游泳馆，
优越感像条狗，
狗屎，糖，史官，

胶水融化,排排肋骨,
掉下,掉头,掉头发,
露天不错,海苔轮回中,
海藻,门面出租,
卖鱼肝油卖不过
小磨香油。猪肝,
犯这种低级错误,
鸡肝无辐射,鸡冠被黄蜂
乌拉乌托邦乌骨鸡,鸡翅,
凡是不能说的事情,就会
告密。耗子洞里的时间,
比赛艇要快,很快被水淹掉,
美,像土豪漂洋过海去看:

——

看看,那块肉
终于独自长大
作爱神的兽类。

2022-2-18

无诗歌

今日雨水,看,种子! 那些渡河的种子,
那些愿意成为怪物的(格格不入的种子
……)。
……

2022-2-19

男人都有类似产品

宏大叙事的金块,消融。

规则如下:打破一切规则。

纪录是根棍子,记录仪是个球。

你们正在看的纪录片;

豹,从草原进入母系社会;

我在儿童队伍里,

没在未来的位置上。

2022-3-20

好玩引诱我们去接近蒸汽机

还有必要"做"吗？给鸟

添加头和头发，它真的

以前就没有（大腿的黑暗料理

内侧光阴，似箭，种子全部

都是无神论者，

　　　　　都是无处去者：

象形或形象圣诞于选择性旋转，

对称的肺离谱，不健康的电影

很快轮回而缺乏奶油味，居然

相信精品，点状果园

用英文拿来卷筒纸，朝着

商家方向止血，剩下杀虫剂

和生产力，

需要激活锁芯里的冷淡，透明缓存）

挂在较低树枝上的水果，

早已摘下吃掉。好玩引诱

我们去接近蒸汽机，那一刻，

从荷兰来的榆树病，走得更加缓慢

（甜得发腻的爱情悲剧，复工吧，

到处用秘密封嘴，其实也没有

可说东西。博物馆里

就算只有一头牛，也不影响

他们吃上牛排，酱汁可以改变的

肉），今天，（鸡汤就是最近的恶意。

白铁皮上积水成渊，

可能既不偶然，也不必然，

迷失在衣柜的拱廊之中，

到底杨贵妃向本雅明致敬：

死亡也是一次搬家吧；换个地方

而已。黑松从用品店挺出

无用品，纪念，物业上的保安，

会采了吃，只剩统计法嫌酸，

生蚝恰逢喘口气翻出其时，

其时：

人是寻找意义的动物）

它们被碘酒消毒过的夜色，你的主题，

已经不会嬉戏。

世界变化太快了，

就像突然有人要我读首诗。

2022-3.22-25

我们要为阴暗负责

是,我们要为阴暗负责。
棉花,
填满素不相识的
轮廓:边境分别不同语言:

是,明了的焰火,
从新世界覆盖蒲公英的
颗粒——证实有过的
失误。拿出点心,

是,需要身体下沉吗?

是。

是。

是。

2022-4-9

不准停下

黑暗如衣服，亮的，没有眼睛。
              被湖水包围的岛，
姑娘纯棉的阴蒂：签到的倒影。

害怕无奈。
燕子白日也看不见船，放弃预见，
不准停下，成为电影。
（放弃预见：
不准进化，成为怪物。
花点钱，这位失败绅士，
会为你表演
与绵羊的爱情，
一块肥皂深陷肥皂泡。
或者海滩搁浅的鲸，
庞大帝国更便于死：
占有，或者占没有，
或者无。

而命运的运动,伞兵

背着面包和乳白枕头,

它布置刺,玫瑰魔鬼,

一排硬刺垫着一排软刺,

性器在结局——急剧

下降的过程中颤抖,

你要精确,如果想迟到,

我没有契约可以让一座公园

像一天那样聚集闲散人员)如果

没有母亲,她会和第一个

推荐给她母亲的男人结婚。

——

天真有一天怪癖。

那么天真在我眼里

……并不值得理解

的怪癖:"它会旋转,在静止的

四条腿上,身体

像台电扇。"

2022-4-11

无诗歌

什么是柔软？刚出炉的
面包，在思想的
风暴里太平洋上的
一艘船像刚出炉的
钢水，飞溅着成为
子弹。因此鹤的空中活动一直处于高水平。

2022-4-22

呜呜

呜呜

镜。发现

肩头翅膀展开浓稠如奶油，

摸到这一次

生日，真实的虚无。

（我是丰满的秘书，

当它）饿醒。

2022-4-24

鲁迅的月亮

毁灭吧,累了。

青蒿素每年

青蒿素也一年一年
衰老。

辽阔田野受苦的牛奴
啃
青蒿,每年毁灭,
毁灭也一年一年衰老。

多如牛毛,鸿雁难道再也没有夜晚爱的
大游行? 乱世的,雄壮的,
是的,
教父,我多希望像第一次,
啊,法农!
爱上你的郊外,在广州。

2022-4-25

鸭血

我梦见的，不是你们喜欢的，
我也不喜欢。比他们严肃，
像一块吃饱的海绵，
碰她一下，就是伤口。

2022-4-25

主题：橡树

拜托了，上帝！

看不见的是不被允许的，
包括……上帝。

全来到街上，
接到通知，
正午出太阳。

过了这个点，小偷，你遇见的
只有女法医，她在灯下把自己交给
骷髅妆事业。禽兽，您一点也不骚气
吗？十二点漫天要价。

是一座大学，减肥
如果漫天大雪，就没抽象的
象群像七八个国家
占领电台。

在看不见里：它的主题绕开橡树；

它的主题都是橡树。

2022－4－26

反哥伦布及其他

我所能做的

命运许我之做。

都是苍蝇，不那么讨厌，海洋里还有

如果哥伦布找个汉语小弟，

他更反哥伦布。庇护的藻类

行将丰腴，建筑

没有咸味的伦理是反飞机

起飞前慈父有新欢，

上层收费便宜。

他反哥伦布，他不是便宜货。

使你获取荤素搭配合理的

友好：撕下一圈，鱼比人多，

路边店，

她的精致玩弄默哀：

小心女友卖出前男友

发明的面料：

滑稽，污蔑，忧伤。

睁眼到天亮吧，你无奈，

你的价值观

无奶,多好的水平面。

2022-4-27

无诗歌

让她次日熬夜

爱

相似、雷同；恨

各有所恨（乱世之中的

美，不宜繁复——

飞机，更适合离别：

我们像做梦那样，

买卖。

2022-5-2

蜻蜓

没人，只有现实。一堆灰
草色，我们推着自行车，
像有不少悲壮事等待完成。
苍凉窗口，塞进大轮船：

甲板上狮子猴子友好地在自己梦里，
不会饥饿，携带的虱子，
足够占领海港，那时，
路灯全部亮起，没人捕捉蝴蝶。

而蜻蜓翅膀用透明度量天际线，
月亮体温比鲨鱼高出一筹。
保持神秘，就有工作。

2022-5-6

愚力游戏

运河之上,驳杂异质混合之船,

往日在。然而

西下:嘴角兔子洞里

桥堍泛沫的噪声。犯了烟雨瘾,

幽燕

古老的监狱放风

筝,乐土于是积极

沉没,有木排列队溺水,

你头型完美,剃光毛发,直接送进希腊

博物馆:如果脱掉衣服,

有块肥肉波色漾动。

皮,雄辩术,血管暴露地方年龄。

图像处理罪(行走的帮凶

器宇轩昂,贵姓?匿名者从里面

抽奖,活动中想认识的人

多了总找麻烦。

做个标记),阿富汗猎犬参加展览,
逡巡狻辩的脚边,她踢了踢它。

2022-5-11

噪象

抓阄,一直,我没写好。
阿什贝利卖他拼贴画吗?
邮差和烤肉桥上站,
它知道它很快

你成为她的新郎
它成为她的烤肉。
不用去写——我查一下,
买彩票是不是与抓阄

本家? 资本家直奔内容,
健康如十八岁的红。
博物馆是有原罪的,
兜售止血钳,在现世偷

税务官太太,不公的母牛
宠幸青草,按住那斑点,
令人发指:永远旱季,旱季:

口渴吟咏者的裤子

天鹅绒裁缝,不在意脖子

弯入泥穴,黄鳝

给自己灌根血肠,祖师爷

赏脸,蹦蹦跳跳

的皮球上戳出透气孔

雀跃进浓郁的

腐烂物:热爱

彼此爬行的痕迹

噪象的偏见遭遇聋人。

2022－5－14

占有

白色太咸,咸味的
月光,
这些人会比你更快,

身材,决定形势,
喧嚣兰花,骡子
发热的腹地,遗产,

进来占据先生位置。
它饱含蜜蜂浏览器:
睡不着的兄弟姐妹,吃点喝点,等天亮。

消失
又怎样!也做不了山顶洞人
下海捕鱼;

"益友。"智商严重欠费,理由如下:
一只鸭蛋被盐完美吞噬,

仿佛干涸的河床

沉思的鹅卵石。
日出,会的。当你
进来占据你的位置,

喧嚣的兰花,头发二十年代
的游泳者在上海,
应该弄艘潜艇。

2022-5-21

不。对

在四方。
关系的四方
之中，日死白天，
无人哀悼于天空，漆的

城邦，不的红里素描头像
细看笔触隐隐作痛，
肝，胆，
（让红

做成了
底色：对的脸仿佛
可以邯郸学步，
蟋蟀身下肥皂——泡沫。

不。）
我希望母亲会养蚕。
在四方

封堵（对，亲密

的狼烟拉起屏幕。）
最后一则轶事，
讲好去吃猪头肉，然后，
人，有人哀悼于堂皇。

2022-5-21

用阴影,她不做枕头做面包

拿破仑已经告诉我们,
居留之所,一如深海,
你以为我无鱼,我拿
出龙来。

有时直接一只烤熟的龙虾,巨大
一如拿破仑丢在情妇
烧热的壁炉边的那顶
红帽子。
阴影面积,在化妆品店,是一种分泌物。

阴影面包,撕掉面包皮,
还有一层面包皮,还有
一层面包皮,通过
取消厚度
而
无穷尽。还有一层面包皮。

2022-5-22

糖果手枪

糖果手枪,透明肚子里的填充物,
理学家桥上骑着自行车。
我生活,很多地方都在冒烟:
船屋换了屋顶。套着米袋

深夜划船的蒙面渔夫
为吓唬异乡人,他的翅膀掉落小径,
背上两道接缝,夸张的动作中
越来越宽,深夜划船的田园诗

翻墙上了黑屏乌柏树,鸟瞰
空心菜地,韭菜地,生菜夫妇,
把一只只暗绿的
靠垫

沿河抛下,很多地方都在冒烟,
混血美女像杯鸡尾酒无神论者
正在睡觉。他们正在睡觉,

夜,从这句开始。

更加无头无尾,刺猬组团
抵御花籽填充物,很快
肚子腐烂,开花是命运
体无完肤,骨头透明,

正在睡觉专卖店,没有边疆,没有特权。
物理学家把一只只暗绿靠垫
摞高,崩溃会下订单。

2022-5-23

摘掉眼镜的眼镜蛇

哥本哈根派。
哥本哈根学派。
哥本哈根学习派。

无可救药, 只能
下毒
了

断

裂开
花, 哥本哈根学习派教我
从一朵花里提炼

仙丹姐姐被糟蹋, 鹤膝锯短……别

了别了：人间地狱的绰号。

仙丹姐姐,你命中注定要说这种语言
不适合表达思想或激情,只能讲废话。

影集中长颈鹿脑袋会移动三角形了,非洲已
到楼下,你会让箭猪发现我的,干什么呢?

改名了,按捺不住了,割草了。
经济不景气,愿他不是男朋友。

安娜,只要少言,就
譬如闪电,无懈可击。

(无赖打赌清少纳言,
直还是卷曲?理发店台阶下的
大海:这个道理再次得到证明,
根据音乐南方更坏,坏蛋
比北方低调,隐藏在水田里。)

哥本哈根啊,古董小碗被你小伙子
两艘渔船撞击一艘游艇,"男孩
的胶卷像触了电。"

《哥本哈根派》

市政府服务热线:"你在苏州

见过美人鱼?"噢,我知道

那家饭店,都是棕灰色

氧化铁松鼠,尾巴(夜行火炬),

伤口一样

缝合起来:道路两边大树像被

按下。

《哥本哈根学派》

生活只剩恶意了。

原则:孤独的美食家或

牧羊人。船员正割草,而他们

更愿意被草淹没,你的。

仙丹姐姐,你命中注定要说这种语言:

"男孩

的胶卷像触了电。"

2022-6,10-13

指鹿为斑马

更收缩，斑马会员制帐篷
撤掉圆桌，腿踢着牲畜，它们是专家，

它们特指斑马，钥匙从紧锁
的赠礼中拔出无条纹潜水艇，

一头浪花，像她私有的作为
乌喙进入副本，正式称呼：

"鱼叉"！命中港口，注定引爆拖船上的
黑肺部门。呼吸在于使用

换词（思想在思想里痉挛性脑瘫），
无骨鸡爪，喜蛋，它喷火

的肉，手风琴的肉，钢琴的肉，
更像手风琴的战抖的肥肉，

肥肉堆,肥肉塔,肥肉书架,
灰色口袋掉出云梯,天使

迫降军事法庭,上校天使
由于你的犹豫,被敌人击毙了

大群小地主,求爱吧,性器
管用鲜花,喂奶的调羹突然

在手,变成花豹整个身体
细如拉链:小夜曲般的腰,

然后命令方块要具备圆的概念
股骨头坏死,青草拧开瓶盖,子弹

伪装成不断冒泡的汽水,爱的伪装
绿趾甲大小的地方,罗马教会口传。

2022-6-19

跳龙门的邀请

（被允许保留这些明信片。但是习惯
海豹的礁石
如何烹饪鸡蛋？

可怜，从来没有
自己做主，）鲤鱼邮局透着黑漆，
被批判、被漠视，更可怜的
自己做主，被排到
最佳位置，即使，而疲惫横渡纷乱的纤维，
看穿了波澜
不惊，
居然。觉得是件幸福之事：
超人那么疯癫。

2022-8-22

怀古

抱歉,大公园里
奇异的棕榈,在青年之夜,
我们与惊叹厮混,
心,甜蜜,告别,

让他看到天文台,
搬迁,没有星星,干草堆底部发绿
像压住一艘船,
像有个洗手池,肥皂

竭尽全力配合专业生产的激进:
模仿了
那些著名
舌头。永远的,

探索的,杜甫那时不存在。

2022-8-22

你的害羞像睡觉

只要

空洞
海镜头剪掉，

睡觉是最好的害羞。

2022－8－26

文本晦涩之处，恰是彬彬有礼

慢慢下垂，它
失去耐心。蓬勃的野草，
发展不出一个鲁迅。
都入睡了，有人

在虎背做梦，你的熊腰
呈现笨拙曲线，
取消圆——呐喊吧，如果还有
绵羊助威，看，

院子里鸟的飞翔灾难！

羽毛，会成美丽垃圾堆，记录挣扎：
挣扎，有人，复数，
树梢上谈判。

2022-9-17

在一首诗后面

"小如一朵玫瑰……"

不知道是谁小如一朵玫瑰。

夜在枯萎,叶子,黑暗灌木丛,
花,突然跳出,
着火,仿佛着火(灼热,刺

痛),快,很快:
明亮;

所有燃烧的花,
都是玫瑰。刺痛——明亮。

2022-9-12

谁都不是

山坡强烈的黑点。

不要，
不要让我滑倒
滑倒一行
祈祷的诗。诗中：
强烈的黑点，晚会，山坡。
下来，头顶因为
种子而下来。

有！
祈祷在诗中照料附近，
必将，词语擅长在郊区
出没。

——

请说："再黑一点。"

2022-9-17

"现代性"无非是"即将现代性"。这个"即将",既非过去,亦非未来,也不是现在

玩笑是今日
的
起源。藏起来,男孩。

女孩提着南方湿漉漉而来,
河有记忆,
老人
他们的房子远离此岸:
波光粼粼,河有记忆。

毒药,比我值钱。

玩笑吧,起源
什么捕蝇纸上残留的
神迹:波光粼粼,彼此加油。

2022-9-17

波斯姑娘

曾经,曾外祖母,你,
海洋厨房,
面貌正中肃穆的岩石,

正中的岩石,
你的,一样寂静,
我们曾经叫喊过。

(在非洲,阿拉伯人被驱逐,
那些水手;而我与波斯商人
走了另一条道。

谁看到孩子和复活?
谁在装修成铁幕的帆船中,
九月大帆船陆地行舟,

……重新命名)乃至无名。

无名之辈

在神州；花粒子米

不准报数，在贵州。

附录：太太的曾外祖母来自波斯，

肖像照像阿巴斯电影人物。

……随风而逝，嘿，杂草中

新生"牧羊人钱包"。

附录：荠菜英文名shepherd's-purse，

直译为"牧羊人钱包"，

其种子形状很像中世纪农民携带的

彼得·勃鲁盖尔在《村舞》中画过的

小口袋。

……随风而逝，嘿，大力水手上岸，因为菠菜，

（红嘴绿鹦鹉N95型折叠式

叫喊。

骆驼死掉白色。）来！一根针穿过自己的针眼。

2022－9－21

肉汤

看不到云。天呢？黑的都是。

自身的
寂静之中，如此，多多少少
寂静。

受虐的，丢了
早在童年诀别——

（在童年，故意，丢了，诀别。

而妈妈料事如神，狂怒的话，
一定要听
话。

于是有个水池挤作一团，
自身的寂静之中，如此
莫亲近。

比尊重高深）莫测绘

过敏。

不能享受的事故：爱。
"吊灯上吊，别担心，话不投机因为
避免重复（眉头空难。"

喝掉
吧！爸爸

推开面前的碗：三姐妹
做好了肉汤，搭乘漂浮
汤上的肉船，热气腾腾
下饭）。神不忍受吞咽的

恶心；

在深度，人饿得发晕。

2022－10－27

与它们同在

你要了

上面。还要中间。

料理夸张的
肌肉,豆荚里
站着
七个小矮人:
脑袋瓜——虫斑扁平的
边缘性
茶褐行为。词藻
浮于池面,
鳝鱼泛黄的指甲
弄痛了
大地藏起来的吹气孔。在这里
我祝大家学会隐身术,
像皮球瘪掉。

你要了瘪掉的皮球。

十一首三行诗

使其水，
模糊、黑色肉包，
松树拿捏裙摆

蹲身,蘑菇扔掉蜡烛顶住溃败的
斗笠,小脑袋在里面不用思想,
只要运动,它在下滑,

从椅子，
让开
睡眠的喉咙，

吞咽航船
风景之中捅穿面孔,这河里的绵羊,
沸腾

的

云集头顶：笑容。

（太极玫瑰，你用粉色冰激凌拌面），

野餐平坦，

丘陵，学生揭发

廊妹的短裙，

铁丝在铁丝网中

有固定摊位，

卖断——

对于生活：

有人玩似的，我们

如此艰难，

"画得好的萝卜，和画得好的圣母一样好。"

而画得好的圣母，是否

和画得好的萝卜一样好呢?

别以为
一直
是行家,

缩小了看:
蒙脸,露胸,
有七颗肚脐眼。

2022-11-2

五首三行诗

如他活着,将
由它布置。作业
黄色芹,只要

不喂水,会好
起来,健壮像一个
小孩不够友善;

渔夫没有坐船上,
河流就是游泳池,
脱掉衣服的太阳,

因为爱你,
而不是留下
吃晚饭——

当渔夫没有

坐船上，

是，在自己的"是"里沉溺。

2022－11－9

反哥伦布及其他九首四行诗

1. 如此之精确，你的
蛋不犯错误。他陷入
其中，
满脑子当时想的都是——我们的，
我深受教育：

2. 拔高陆地，洞口
怪兽打破极限
这么多人，鸭子
在哪儿？充满激情，
黑方宣布："我转向白色，

3. 除我之外，还有
飞行员同志，
游弋这个无限之中。"
而有限比如墨绿雪菜
有多种版本：和肉丝

4.谈判,与毛豆则为精神恋加

地中海橄榄油。产于山东,

那天经过土黄调渔村,毫不客气,她要了

大盘雪菜蛤蜊……

大部分时间

5.蛤蜊都在海里,节假日会来岸上

饮用淡水。

船开走了,你很清楚

谁的船……小酒馆坐满圣人,

岛那样不能接近,

6.尾巴,快,兔崽子!

拉长点,

进到景深,不要那么肤浅,

不会倒下,除非

躺下显示

7.肋骨,开朗,裨益

船帆

或穿越反三角区的

帆船。水手在外国捕捉

开始,像逛影城,

8.超市的

品质——桨都入水,"那块

龙骨

是我们的。"他们喊道。

后来吃了大盘雪菜,没有蛤蜊。

9.这些过年的后代啊!

这些鱼叉啊!

这些煎饼啊!

卷住了什么,看不见什么,

满脑子当时想的都是——你们的。

2022-12-14

十首二行诗

由冰块，我的镜片如此磨成，
适合寒冬：读书或看你。

木马不变，旋转的树林和一匹真马，
会叫爸爸，三岁是个好尺寸。

哦，来不及标记红线，脱手，蓝线，
马鲛鱼黄线，她只剩白线、黑线。

灰色水面，最美，没有野鸭，
芦苇即使好看，沉思片刻，也要割掉。

沿河被一艘快艇扔出来，
雾气之中变得自由和冷清。

时光过去很久尚未轮到他

上岸,独自,桨板进化到脊椎动物。

改变现状就是某种毋庸置疑的进化:

任何一次传送都会耗费运气;留着点。

移开漩涡的手,软骨,透明,

胡桃树下多点一条松鼠鳜鱼。

南方很少,就像嗑瓜子——灌木直接上桌,

天气在失败之际暖和起来。

文质彬彬的分餐制蝴蝶,有

无风格? 它的梦,瘟疫年代惨遭解梦。

2022-12-24

四首三行诗

南方丑角,精益求精
之际,熔化彩虹,
浇在自己身上。

尖叫,一边的母兔逃跑,
认为屁股被
烫坏。

它这么敏感,
所以你家宠物,
只能叫"贝克特"。

如果是仁慈
呢?咳嗽让我们大声,
而不说,赦免了公兔。

2022-12-30

视力表

视力表第一版：北方女
神散了！世界。

视力表上她一眼不眨。

——

其中你会发生下半年，
饼干塔在胭脂桥东，
北方女发现：
细雨。

——

弥补尘埃的名字，
白光聚焦
虑，
在平江府,理发,长相,

挖煤,新照片。

——

林子狮,文庙百结愁肠的篆字,
饱经摧残的帘前,孔老二。

——

缝纫机快递到了,
从徐州,汉人从画像石出发,
他们的龙,会说"你好"。而双人床罩——住嘴,神农,
舌头上全是药味。
舌头下,
睡着鸳鸯。

——

细雨,一夜,整理平台,
不错哇菜地,
女友发,
楼顶做个炊事员。

——

荞麦，它不是处女。

深刻制度的浅薄，
文明社会喂
草莓。
树的剪影，黑茶，
嘿嘿嘿的骑兵红草莓。

——

外国影后养蜂海水里，
蜜是盐。
夜晚，皮鞋的命运。

——

吃着红烧肉长大，
成人，秋色，
一个连的蟋蟀通过U
严谨之处

分。

北方女发现：细雨。

视力表第二版：西方女

在雨声的河流里醒来，

海报："必有人重写绿鲤鱼。"

———

现在，昨天的第二天，

正犯错误，

体型微小的肥皂泡碎片，

在浴室里坚持圆满：

漫长一分钟，

爱试水，

来自琐事，他的成就感。

———

你们领了结婚证，

喝了喜酒。

不算！鹿潜伏树山，

心活埋
肉体之中。
听老师说,睡魔神左手眼药水,
右手吸铁石,
管理梦游:

还要举办神圣婚姻会,
用诗证明夫妻关系。

——

再去山下,看世俗婚姻,
看煎蛋,紧贴甜品,还乡两个世纪,
人只看权力,天只看灭亡,
才华尽头,飘雪。

——

于是人类新物种,你们结婚了,
肚皮走路。

法兰绒内务部,

我将为你们主持仪式。

——

"神圣胡闹"：黄毛博士是位婴儿，
也有人赞美过她的皮肤，
无神论的子宫，
无神论公然没有私处。

我将为你们主持"神圣胡闹"仪式。

——

在犹豫不决之际，
持续地坚定。

……是对生命的训练。

——

那些活泼的小青虫，
裹着面粉；

那些止血绷带——天鹅，

游荡

魂魄之中；

内战可以朗读，

星球大战计划，市场里猴妹电影院；

在街上，

白鹭的腿太长，无法先进。

——

"必有人重写绿鲤鱼。"

必有人重返未知。

视力表第三版：东方女

如何用米粒大小的

一滴水颠覆沙漠？

——

他想成为一名植物学家，

所以，拒绝吃素，

每天吃鸭嘴兽与穿山甲，心情恶劣时候，

吃鼠，

吃燕子。

如何成为东方主义？

——

物是一种错觉，生活在博物馆，

参观草地，

风作为藏品。那么，

如何

成为

虚无主义者？

她晃动的臀，嵌入

淡水——

于椭圆海，

波浪是一群玉兔，

不穿：

——

不穿针引线的奥秘，

十个太阳被指甲油消灭；

用丝绸，

眼睫毛作茧，

山水自缚于——如何成为捆绑主义者？

——

灰的矩形，

花色改变一棵树，

果子行桥泊满东方威尼斯，

漪澜（白石榴，

过于性别化），

宇宙在礼拜三排卵。

（污秽的被窝床单抽空去了一趟尼罗河，

从此杰出）丑——尿迹地图，

茶色国撕扯之度数，

暮色国倾销墨汁，

西方女在棕色玻璃瓶中，

如何成为珍珠？

（东方女在棕色玻璃瓶中如何庆祝？）

——

超低温图片模糊的兔子，
在菱镜中建造白塔寺。

——

如何持戒？

视力表第四版：南方女
米粒颠覆一滴水？

——

他想成为植物，
所以，拒绝吃
鼠与燕子，
如何成为东方主义？

——

物种错觉，
那么，

如何

成为

淡水

海？

——

用丝绸，

如何捆绑主义？

——

灰的矩形改变一棵树，

白石榴礼拜三排卵。

被窝，床单抽空

杰出——暮色如何庆祝？

——

模糊粮仓，

储藏麻雀——那妇女是一只患上减肥症的鹤！

——

如何发明?

——

如何创造?

——

如何杜撰?

——

南方,如何死?

2018-10,21-22